Sócrates & a Educação
O enigma da filosofia

COLEÇÃO
PENSADORES & EDUCAÇÃO

Walter Omar Kohan

Sócrates & a Educação
O enigma da filosofia

Tradução
Ingrid Müller Xavier

autêntica

Copyright © 2011 Walter Omar Kohan
Copyright © 2011 Autêntica Editora

COORDENAÇÃO DA COLEÇÃO PENSADORES & EDUCAÇÃO
Alfredo Veiga-Neto

CONSELHO EDITORIAL
Alfredo Veiga-Neto (UFRGS), *Carlos Ernesto Noguera* (Univ. Pedagógica Nacional de Colombia), *Edla Eggert* (UNISINOS), *Jorge Ramos do Ó* (Universidade de Lisboa), *Júlio Groppa Aquino* (USP), *Luís Henrique Sommer* (UNISINOS), *Margareth Rago* (UNICAMP), *Rosa Bueno Fischer* (UFRGS), *Sílvio D. Gallo* (UNICAMP)

EDITORAÇÃO ELETRÔNICA
Christiane Costa

REVISÃO
Lira Córdova
Vera Lúcia De Simoni Castro

EDITORA RESPONSÁVEL
Rejane Dias

Revisado conforme o Novo Acordo Ortográfico.

Todos os direitos reservados pela Autêntica Editora. Nenhuma parte desta publicação poderá ser reproduzida, seja por meios mecânicos, eletrônicos, seja via cópia xerográfica, sem a autorização prévia da Editora.

AUTÊNTICA EDITORA LTDA.

Belo Horizonte
Rua Aimorés, 981, 8° andar . Funcionários
30140-071 . Belo Horizonte . MG
Tel.: (55 31) 3222 6819

São Paulo
Av. Paulista, 2073 . Conjunto Nacional
Horsa I . 11° andar . Conj. 1101
Cerqueira César . 01311-940 . São Paulo . SP
Tel.: (55 11) 3034 4468

Televendas: 0800 283 1322
www.autenticaeditora.com.br

Dados Internacionais de Catalogação na Publicação (CIP)
(Câmara Brasileira do Livro, SP, Brasil)

Kohan, Walter Omar
  Sócrates & a Educação : o enigma da filosofia / Walter Omar Kohan ; tradução Ingrid Müller Xavier -- Belo Horizonte : Autêntica Editora, 2011.
-- (Coleção Pensadores & Educação)

  Bibliografia
  ISBN 978-85-7526-569-7

  1. Filosofia antiga 2. Sócrates I. Título. II. Série.

11-09005   CDD-183.2

Índices para catálogo sistemático:
1. Sócrates : Filosofia 183.2

Sumário

Apresentação 7

Primeira parte - É necessário defender Sócrates?
Ou Sócrates, entre a ironia e o cuidado

Capítulo I - O Sócrates irônico de Kierkegaard 23

Desde os primeiros socráticos
até o século XIX 23

O Sócrates de Kierkegaard:
testemunhos e método 27

A ironia de *éros* e *philía (Lísis)* 30

Vida e morte, tragédia e comédia 37

A *Apologia de Sócrates* é pura negatividade? 43

Os paradoxos de uma ironia infinita 48

Capítulo II - Foucault e o cuidado de Sócrates 51

O último Sócrates no último Foucault 52

Cuidado de si e conhecimento
da alma *(Alcibíades I)* 55

Cuidado de si e modo de vida *(Laques)* 59

Saber, ignorância e cuidado
(Apologia de Sócrates) 64

Cuidado de si e cuidado de outros 73

Segunda parte – É necessário atacar Sócrates?
Ou Sócrates, entre a vida e a igualdade

Capítulo III – Sócrates mestre de Nietzsche?...................... 79
    A tragédia da razão 79
    Um enfermo de vida 86
    Oscilações de um testemunho 87
    Razões de uma leitura 90

    Capítulo IV – O Sócrates de Rancière 97
    Um filósofo e um escravo (*Mênon*) 98
    Os *diálogos* aporéticos são aporéticos? 101
    O filósofo e o sacerdote (*Eutífron*) 104
    A sensatez do filósofo (*Cármides*) 113

Terceira parte – Pensar com
Sócrates (e Platão... e Derrida)

    Capítulo V – Sócrates e o *phármakon* 119
    Um cartão-postal 121
    Duplicidade do *phármakon* 125
    Farmácia da diferença 132
    Um estrangeiro hospitaleiro 135
    Receptáculo infinito 139
    Outro Sócrates? 142

    Referências 147

    O autor 151

Apresentação

Este livro considera como problema geral os sentidos políticos da vocação educativa da prática filosófica em torno da figura enigmática de Sócrates. Aqui se postula que, pôr em prática a filosofia com pretensões educativas, isto é, suscitar o encontro, sob o nome de filosofia, de dois pensadores – um que ocupa a posição de quem ensina e outro que habita o espaço de quem aprende – apresenta-se, em termos políticos, de forma paradoxal. Sócrates é o primeiro nome através do qual a filosofia expõe essa condição política no terreno da educação.

Esse problema pode também ser colocado a partir de uma pergunta: que política se afirma para (e através de) o pensamento quando a filosofia se apresenta em uma situação educativa? Usamos o termo "política" para fazer referência aos efeitos de poder e aos modos pelos quais o poder se exerce. De maneira que essa pergunta poderia ser traduzida por outra: que forças, espaços, poderes (potências) do pensamento podem ser exercidas na relação entre quem ensina e quem aprende filosofia? Com efeito, se aquilo do que se trata é ensinar e aprender filosofia, isso significa que se transita um espaço – um campo para pensar –; e para isso supõe-se certa concepção de filosofia, do aprender, do ensinar, da relação entre esses termos, do que é possível, desejável, e importante fazer através de e com o pensamento nos espaços institucionais habitados. Tanto no caso das práticas tradicionais – nas quais o professor predominantemente fala, e os alunos sobretudo escutam – como naquelas práticas em que a palavra é mais compartilhada, esse exercício do pensamento está acompanhado também por pelo menos uma concepção do que significa pensar e se desata em uma série de ações, desdobramentos do pensamento; essas concepções e práticas abrem caminhos e ao mesmo tempo fecham outros, favorecem certas experiências e também obstruem outras; desencadeiam um complexo jogo de forças como consequência de um modo de exercer o poder de e para pensar. É justamente esse terreno que nos interessa considerar neste trabalho: como pensar, de maneira interessante, os efeitos políticos do ensino de filosofia no pensamento de seus diversos atores?

Centrar esse problema na figura de Sócrates significa desdobrar essas perguntas em outras, como: que forças Sócrates dispõe para o pensamento de seus interlocutores nas conversas que leva a cabo com os jovens e os adultos de Atenas? Que permite e o que impede pensar? Que efeitos provoca no pensar de seus interlocutores, na sua relação com o que pensam, na sua maneira de se considerarem sujeitos pensantes? Quais caminhos transita e abre para que outros possam explorar, no pensamento? Que transmite e como o faz? Que circuitos percorre para isso? Que sabe e que ignora ao ocupar um lugar com efeitos pedagógicos? De que maneira e para que situa a filosofia nesse espaço? Em que medida suas intervenções permitem ou dificultam pensar a transformação dos modos de vida individuais e coletivos?

Dizer que o problema deste livro gira em torno aos sentidos políticos da filosofia em situação educativa com base na figura de Sócrates poderia fazer pensar num trabalho sobre suas ideias políticas, ou seja, sobre o que ele pensava acerca da política, em particular no que se refere aos diversos regimes políticos. Não o é. O que se trata é de pensar o jogo político – o modo de exercer o poder – que Sócrates propõe ao pensamento, esse que ele e seus interlocutores habitam ao entrar em relação. Claro que, de alguma maneira, as ideias políticas de Sócrates têm relação com os efeitos políticos de sua prática filosófica, mas essas ideias só entrarão neste trabalho na medida em que aqueles se refletem nessa. Queremos dizer que o leitor não encontrará neste livro uma exposição do "pensamento político de Sócrates", mas sim uma série de considerações sobre os efeitos políticos de uma posição como a ocupada por Sócrates ao exercer a palavra com outro. Certamente que, no caso de Sócrates, as dificuldades em torno ao seu testemunho podem fazer com que essa distinção pareça arbitrária ou ao menos forçada. Em todo caso, tentaremos dar-lhe sentido no decurso do texto.

Sustentaremos aqui que Sócrates afirma para o pensamento um espaço político enigmático e paradoxal. Ainda que só se trate de uma conjetura, o ateniense parece mostrar que esse espaço é condição de toda filosofia em situação educativa. Em outras palavras, Sócrates é um nome que ilustra – de maneira diáfana e poderosa, própria de um nascimento – o paradoxo político inevitável de quem entra no jogo de ensinar e aprender filosofia ou, de modo mais amplo, de toda relação de ensino que pretenda afirmar sua dimensão filosófica, isto é, de quem conversa com o outro com alguma pretensão de educar o pensamento, de intervir na sua maneira de pensar. Para dizê-lo de outra maneira: quando se ensina filosofia, não é possível ser, em termos políticos, estritamente correto ou incorreto, conservador ou revolucionário. Não é possível definir *uma* política absolutamente consistente para a filosofia em situação educativa. Não há como "ensinar a pensar" sem tensões incontornáveis. Por isso, uma política interessante para a filosofia nesse contexto pode consistir, justamente, em manter com a maior intensidade possível essa condição.

Há muitos Sócrates. Infinitos. E não só porque há testemunhos diferentes. O Sócrates de Platão é bastante contraditório: em algumas passagens, ele nega o que afirma em outras e faz o que, em outros lugares, critica os demais. Isso não é novidade. A ideia de que há mais de um Sócrates nos *diálogos* de

Platão tem muitos seguidores entre os estudiosos do mundo grego, a começar pelo já clássico livro de Gregory Vlastos, *Socrates. Ironist and moral philosophe (1991)*. Nele, Vlastos distingue três períodos nos *diálogos*. Em um, Sócrates estaria mais próximo do Sócrates histórico, em outros, de Platão.[1]

A posição que defendemos neste trabalho é um pouco diferente. Há vários Sócrates, ou um só personagem com aspectos tão diversos que parecem contrários, mesmo no interior do grupo de *diálogos* que estudiosos como Vlastos dizem corresponder ao Sócrates histórico.[2] A diferença não tem a ver somente com a maneira de ler os *diálogos*, mas também com os pressupostos e o sentido que acompanham essa leitura. Se um autor como Vlastos – que marcou de modo tão significativo os estudos sobre Sócrates – busca uma descrição "acabada, completa, consistente" de Sócrates, nós, ao contrário, propomo-nos, através de uma interlocução, acompanhada de alguns de seus leitores contemporâneos, pensar um problema de maneira aberta, incompleta, respeitando algumas tensões indissimuláveis e insuperáveis entre os seus retratos nos *diálogos* de Platão.

Nesse terreno dos *diálogos* platônicos, o legado enigmático e contrastante de Sócrates aparece desdobrado em uma série de dimensões. No campo da política, Sócrates afirma ao mesmo tempo ser o único ateniense a praticar a verdadeira política (*Gorg.* 521d) e também ter acertado ao ter feito caso da voz demoníaca que lhe recomendava não praticar a política porque, se a tivesse exercido, já teria morrido muito antes (*Apol.* 31c-e). Desta maneira, no campo político, Sócrates

---

[1] Sócrates, no primeiro grupo, representaria as ideias do Sócrates histórico; no segundo, as de Platão, e no terceiro, uma revisão, por parte de Platão, dessas ideias. Entre os dois primeiros grupos, Vlastos diferencia também um grupo de *diálogos* de transição. Sua posição é bastante mais complexa, mas esse esquema é suficiente para os fins da problemática colocada.

[2] Esta posição também tem vários antecessores. Por exemplo, Erik Ostenfeld (1996) afirma que nesses *diálogos* de Platão convivem um Sócrates heroico (*Apologia, Críton, Laques, Eutidemo*) e um Sócrates histórico (*Hípias Menor, Cármides, República I*).

afirma uma aparente contradição ou aporia: a prática da verdadeira política o leva a não praticar a política da *pólis*. Ser um verdadeiro político significa não ser um político de carne e osso. No campo educacional, sustenta, com muito poucas páginas de diferença em um mesmo texto, que jamais foi mestre de ninguém (33a) e que, se o condenarem à morte, os que aprendem com ele continuarão fazendo o que ele faz (39c-d).[3] Segunda aporia: Sócrates não foi mestre, não ensinou conhecimento algum e, no entanto, de sua posição surgem aprendizes. Impactante. Sócrates não ensina, mas outros aprendem com ele. Finalmente, no solo da filosofia que ele mesmo inaugura, afirma, ao mesmo tempo, que o seu saber é de pouco ou nenhum valor, e que essa relação com o saber o constitui como o mais sábio dos homens (20d-24b).[4] Terceira aporia: não crer saber faz de Sócrates o mais sábio; o mais sábio não sabe nada além do seu não saber. E ainda mais, de sua relação com a filosofia, poderia derivar outra aporia: se, da sua particular relação com o saber e com a missão divina que Sócrates dela desprendeu, originou-se, em seu relato, o mal-estar social e político que resultou em seu julgamento e condenação, então aquilo que dá vida a Sócrates lhe dá também a morte: a única vida que vale a pena viver, uma vida com filosofia, não pode ser vivida, uma vez que precisa da morte para se completar; a filosofia não leva só a uma boa vida, mas também a uma boa morte. Ou, ainda, desde outra perspectiva, Sócrates deve morrer para não perder a vida, para respeitar a única vida que vale ser vivida. Dessa maneira aporética, contrastante, enigmática, Sócrates se apresenta para pensar uma política para ensinar e aprender filosofia, uma filosofia política, uma política filosófica, ou algo mais, entre uma e outra.

---

[3] Este paradoxo aparece também de maneira muito forte na descrição de sua arte no *Teeteto* 150b ss. (em particular 150d: "Que de mim nada jamais aprenderam", *hóti par' hemoû oudèn pópote mathóntes*).

[4] Na interpretação que Sócrates faz do oráculo: "Entre vocês, humanos, o mais sábio é quem, como Sócrates, reconhece que não é nada valioso em relação ao saber" (*oudenòs axiós esti têis aletheíai pròs sophían*, *Apol.* 23b).

Por que Sócrates? Acabamos de mostrar a fortaleza de sua figura enigmática. Há outras razões. Digamos que algumas são mais evidentes, biográficas. Lembro-me de meu primeiro trabalho final na graduação de Filosofia na Universidade de Buenos Aires. Eram os anos 80, a democracia acabava de retornar à Argentina e com ela, alguns professores exilados; uma das primeiras matérias se chamava "Introdução à Filosofia Antiga". Poderia haver-se chamado "Introdução a Sócrates e a Platão". Conrado Eggers Lan ministrava as aulas teóricas, sua paixão fazia com que não soubéssemos pelo que estávamos nos apaixonando: se pelos textos de Platão ou se pela maneira como Eggers Lan os apresentava. Marcelo Boeri cuidava dos seminários nos quais nos dedicamos especialmente à leitura de *Críton*. Com enormes diferenças de estilo, transmitia uma paixão semelhante e um cuidado especial com aqueles textos distantes. Ensinava, mais que nada, assim como Eggers Lan, uma relação com os textos. Meu trabalho final nessa matéria foi sobre a ética de Sócrates. No meu processo de formação, a filosofia grega teve espaço muito significativo, e, paralelamente, crescia meu interesse pelo alcance educacional da filosofia. Na minha tese de doutorado, "Pensando a filosofia na educação das crianças" (1996), já mais inclinado a esses últimos aspectos, a infância era, ao mesmo tempo, sentido educacional e sujeito do pensar filosófico. Sócrates recebia ali um lugar preferencial, como paradigma de um exercício filosófico que bem poderia contribuir para uma formação crítica e dialógica da infância.

Naquele trabalho estava presente uma distinção entre duas formas ou dimensões da filosofia que de alguma maneira atravessam este livro. Na verdade, essa distinção, sob diferentes nomes, cruza a história da filosofia: desde a tradição fenomenológica de Edmund Husserl, ela pode ser vista como a diferença entre a filosofia como ciência estrita e a atitude filosófica diante do saber e de sua transmissão; desde o pragmatismo de Richard Rorty, como a contraposição entre filosofia sistemática e filosofia edificante; finalmente, desde

Michel Foucault, entre a filosofia como sistema ou verdade e a experiência ou o exercício do pensamento. Enfim, poderíamos recorrer a outras tradições para ilustrar algo que nasce com Sócrates: uma dimensão profundamente significativa da filosofia não pode reduzir-se a uma resposta, a uma teoria, a um sistema, a um livro. É ao menos nesse sentido que a filosofia nasce com Sócrates, como um modo de exercer o pensamento para viver, para considerar e, eventualmente, transformar o modo como vivemos, para pensar – ou ao menos compartilhar o jogo do pensamento – em voz alta, como outros, na *pólis*. Curiosamente, Sócrates está na base de uma e de outra dimensão da filosofia. Por um lado, ainda que não tenha escrito nenhuma teoria ou sistema, desde Platão e Aristóteles praticamente todas as escolas filosóficas gregas da Antiguidade reivindicavam-se derivadas de Sócrates; isto é, mesmo sem nada escrever, Sócrates deu lugar a boa parte do que então se escreveu sob o nome de filosofia; por outro, sua influência no exercício do filosofar foi tal que nele se inspiravam todos os modos de vida afirmados pelas escolas de pensamento da Antiguidade; ainda hoje, correntes inteiras do pensamento pedagógico se dão o nome de "ensino socrático".

Nos últimos anos, concentrei meus estudos em torno à problemática da relação entre filosofia e educação. Um dos eixos de interesse foi a infância. Explorei diferentes formas de experiências filosóficas com infantes (não somente com os meninos e meninas que habitam a infância cronológica, mas com aquela forma de subjetividade que atravessa as idades) e também estudei diversas concepções de infância presentes na história das ideias filosóficas sobre a educação. A infância intrigou-me não apenas como objeto de práticas pedagógicas, mas, para dizê-lo com o *Zaratustra* de Nietzsche, como imagem de início, criação, transformação. Ao mesmo tempo, como educador dedicado à pesquisa e à formação de educadores, fez-se cada vez mais intensa a preocupação pelo valor político dessa prática. Nos dois aspectos, vez por outra, Sócrates esteve presente. Por um lado, pelo caráter diversamente infantil de sua figura; por outro, pela sua potência para tornar a pensar o papel de um educador.

Repetimos a pergunta: Por que Sócrates? Encontramos novas razões: pela força para pensar que esse nome desencadeou. Tal força nasce tanto de um problema quanto de um desafio: como pensar uma figura da qual temos apenas testemunhos indiretos? Estamos diante do que por muito tempo se chamou "a questão socrática" e que poderíamos traduzir simplesmente por um "em quem há que crer?". Com efeito, ante a negativa do mestre em estender sua palavra da oralidade à escrita, abrem-se registros dissímeis, quase contrapostos: o de um discípulo lucidamente desobediente, o filósofo Platão;[5] o de um agudo adversário contemporâneo, o comediógrafo Aristófanes; o de um cronista ausente, porém interessado, o historiador Xenofonte; o de outro discípulo desobediente, portanto, discípulo e desobediente em dose dupla e também duplamente indireto: o igualmente filósofo Aristóteles.[6] Este livro não tem pretensões historiográficas;[7] ele parte de algumas leituras filosóficas de Sócrates que jogam com alguns rastros deixados por Platão em seus *diálogos*, em particular em alguns dos chamados "de juventude".[8] Esses rastros desdobram suficientemente o enigma e sobre ele se construiu uma tradição de pensamento que nos interessa considerar. Mais do que o histórico, importa-nos

---

[5] Ou haveria que inverter as coisas, como faz Jacques Derrida (1980, p. 14) e ver em Sócrates o secretário e copista dócil de Platão? Exploraremos essa alternativa na última parte deste livro.

[6] Como veremos adiante, não se esgotam aqui os testemunhos sobre Sócrates. Ainda fragmentários, ultimamente, vem crescendo o trabalho sobre aqueles que, durante muito tempo, foram chamados "socráticos menores", em particular sobre o nada menor Antístenes.

[7] Isso não significa necessariamente impugnar aqueles que transitam essa linha, mas privilegiar outros interesses. Um estudioso de Sócrates e sua herança, o italiano Livio Rossetti (2004, p. 89-91), argumenta no sentido de que as dificuldades para alcançar uma verdade historiográfica sobre Sócrates não são intransponíveis.

[8] Sem dúvida Platão não foi o único autor de *diálogos* socráticos. Rossetti (2004, p. 83) argumenta que pelo menos uma dúzia de discípulos diretos de Sócrates escreveu, no mínimo, uns duzentos livros que incluíam cerca de trezentos *diálogos* socráticos. Em torno de cem deles, teriam sido escritos por Platão e Antístenes.

polemizar com as leituras de Sócrates que deixaram uma marca profunda na história das ideias filosóficas sobre a educação.[9] Essa decisão não significa tomar partido na questão socrática nem negar interesse ou valor a outros testemunhos, como os de Aristófanes e Xenofonte. De fato, entre os leitores de Sócrates que estudaremos, Søren Kierkegaard considera a comédia de Aristófanes como o registro mais valioso e Friedrich Nietzsche preza significativamente a escrita de Xenofonte. Nosso encaminhamento tampouco supõe desprezar o trabalho de reconstrução hermenêutica que é atualmente desenvolvido sobre os chamados "socráticos menores", mas simplesmente se propõe a valorizar a maior concentração e densidade, nos *diálogos* platônicos, de elementos propícios para pensar o problema que me ocupa.

Nessa trajetória de estudo, um momento significativo foi a leitura de *O mestre ignorante* de Jacques Rancière. Ainda que a figura de Sócrates nunca tenha me parecido absolutamente límpida, foi somente com base na leitura de *O mestre ignorante* que alguns aspectos políticos de sua imagem se tornaram mais claramente problemáticos. Ainda que Rancière seja bastante conciso nas referências textuais, sua análise é suficientemente potente para reconfigurar o valor político de um Sócrates erigido em mestre emancipador por excelência. Efetivamente, diante do discurso dominante em pedagogia, que faz do ateniense uma espécie de herói filosófico, Rancière o situa, ao contrário, como o mais perigoso dos embrutecedores, na medida em que ele esconde, sob uma máscara emancipadora, sua paixão desigualitária.

Contudo, a leitura de Rancière perde força diante de uma análise mais ampla. É possível que Sócrates seja um embrutecedor, mas não é somente isso, ou ao menos não inteiramente. Mais recentemente tive acesso às aulas sobre Sócrates que, em 1984, Michel Foucault ofereceu no *Collège*

---

[9] Este Sócrates é de algum modo indissociável de seu retrato nos *diálogos* de Platão. Nas palavras de Victoria Juliá, estaremos falando dos rastros deixados pela "recepção platônica da oralidade socrática".

de France. Trata-se de um material inédito, de forte valor emotivo e testemunhal.[10] Encontrei nele nova inspiração. O problema se torna mais claro e ao mesmo tempo aberto: há leituras que se contrapõem porque há mais de uma política de pensamento afirmada por Sócrates.

É necessário encontrar outros ingredientes de uma figura cuja vida foi atravessada pela vontade de educar e que sacramentou essa vontade pela primeira vez sob o nome filosofia. Há que entender a diversidade de efeitos políticos dessa vida, para si e para seus interlocutores, para pensar de maneira mais complexa nosso presente. Busco novas vozes para submergir, outra vez, nos detalhes intrincados da questão socrática. Algumas derivas me levam a Kierkegaard e a Nietzsche. Como poucos filósofos ao longo da história da filosofia, ambos privilegiam testemunhos outros que o platônico. Além do mais, suas leituras são tão dissímeis como igualmente polêmicas. O conceito de ironia talvez possa ser, em si mesmo, uma chave, dado o seu caráter eminentemente ambivalente. Por sua vez, a furiosa paixão de Nietzsche mostra não apenas mais de um Sócrates, mas o faz desde uma perspectiva vital insubstituível que não pode ser esquivada. Se há algo que Nietzsche destaca em sua leitura de Sócrates são os efeitos pedagógicos de um tipo de vida. Surge um hiato na lenda: os novos defensores e acusadores, os amigos, os inimigos; há duas facções na história; é preciso reconfigurar os termos da discussão, desconstruir uma tradição de leitura e de escrita. Está já disposto o lugar para que Jacques Derrida, no epílogo, ajude a dar acolhida e lugar à aporia, ao enigma, à antinomia.

Não se trata apenas de nomes próprios. Em cada caso, Sócrates é um nome para colocar em cena um conceito: com Kierkegaard e Nietzsche, a ironia e a vida; com Foucault e Rancière, o cuidado e a igualdade. Com Derrida, a diferença. Do mesmo modo, a figura que Sócrates afirma para o pensamento poderia ser considerada um círculo da potência ou

---

[10] O curso foi publicado após a escrita do presente livro: FOUCAULT, Michel. *Le courage de la vérité*. Paris: Gallimard, 2010.

do controle e da disciplina, um círculo irônico do cuidado ou de sua ausência, da vida ou da morte, da emancipação ou do embrutecimento, da diferença ou de sua negação. Em todo caso, com o infinito conceitual de leituras que a ausência de escrita propriamente socrática abre, o panorama já se tornou suficientemente rico e complexo.

Mesmo levando em consideração as justificativas apresentadas, a escolha dos nomes para compor este livro pode parecer limitada e arbitrária. O é. Os leitores devem estar pensando em outros nomes ausentes ou aqui tratados demasiado rapidamente, entre eles, Georg Wilhelm Friedrich Hegel, Maurice Merleau-Ponty ou Leo Strauss. Com esses novos nomes ter-se-ia chegado a outros conceitos. E ainda poder-se-ia sentir falta da presença de autores de outras tradições, como a hermenêutica de Hans-Georg Gadamer ou Wolfgang Wieland, ou o existencialismo de Jean-Paul Sartre ou Martin Heidegger. Alguém até poderia perguntar por que não está presente uma leitura mais explicitamente política como a de Hannah Arendt. Enfim, a lista poderia continuar a se alongar. É que o legado enigmático de Sócrates para a filosofia é tal que os filósofos raramente deixaram de pensá-lo, como se Sócrates não apenas tivesse instaurada a filosofia, mas também a possibilidade mesma do filosofar através de alguma forma de interlocução com sua figura. Em certa medida, como sustentou Michel Foucault, um encontro com Sócrates é algo assim como a pedra de toque, não só de toda a filosofia, mas de todo o professor de filosofia.[11]

Em todo caso, a arbitrariedade dos interlocutores deste trabalho se explica também por minhas limitações e condições; e não menos por algumas positividades encontradas nos autores escolhidos. Com efeito, trata-se, em todos os casos, de leituras apaixonadas, potentes, filosóficas, isto é,

---

[11] Foucault (1984, p. 49) diz na aula de 22 de fevereiro de 1984: "Aí está, bem, então, esta vez, prometo, terminei com Sócrates. É necessário, ao menos uma vez na vida [como] professor de filosofia, ter dado um curso sobre Sócrates e a morte de Sócrates".

problematizadoras de sentidos e potenciadoras do pensamento. Nelas, a relação com Sócrates se dá no marco da elaboração conceitual distintiva de um modo de fazer filosofia. Claro que o mesmo poderia ser dito de outros pensadores. De qualquer maneira, os autores e os conceitos trabalhados aqui propiciam uma composição suficientemente suculenta para abrir ainda mais o problema de que este texto se ocupa. São também leituras que destacam diversas dimensões, de certo modo complementares, da intervenção socrática: metafísico-religiosa (ironia), ético-estética (cuidado), cultural-ética (vida), política (igualdade, diferença), que, em seu conjunto, reforçam o valor e o sentido do enigma socrático. Dão novas forças a Sócrates e às possibilidades de pensar desafios políticos para ensinar e aprender filosofia.

Disso se trata este trabalho. De Sócrates e dos Sócrates de alguns filósofos. De alguns dos infinitos Sócrates que habitam o campo filosófico. Talvez, na travessia, surja outro Sócrates, melhor dizendo, outros Sócrates. Será um nome para pensar a dimensão política da filosofia em sua projeção educacional. O problema pode ser lido nos termos mais amplos dos sentidos políticos de uma educação filosófica, ou nos termos mais específicos do valor de ensinar e aprender filosofia. Em qualquer caso, o que interessa é o espaço político que se desenha no pensamento de alguém que se diz professor, ou se situa na pretensão de ensinar, e de outro, que se diz estudante e está situado na posição de quem aprende. Que política do pensamento se afirma para os que entram nessa relação: uma vez mais, não importará o que uns e outros pensem politicamente, ou sobre a política, mas que política do pensamento é aberta, propiciada, exercida, nessa relação. Em outras palavras, quando alguém diz ensinar filosofia ou se propõe estabelecer uma relação pedagógica sob esse nome, que forças dispõe para pensar? Que potências desencadeia no pensamento? Que espaços clausura? Que relações propicia? Como e para que exerce o poder de pensar? Sócrates e suas lições serão nomes para pensar essas perguntas. Como sugere Merleau-Ponty em seu *Elogio da filosofia*, há que repetir o gesto de haver-se com Sócrates. Cara a cara. Também na repetição desse gesto e na maneira de dar-lhe vida se joga uma política do pensamento.

* * *

Este texto foi escrito durante uma estadia de trabalho como professor visitante na Universidade de Paris VIII, apoiada pelo Ministério de Educação da França, entre os anos acadêmicos de 2006 e 2007. Ele foi apresentado como nota de síntese para a obtenção do diploma de *Habilitation à Diriger des Recherches* (menção filosofia), sob a orientação de Stéphane Douailler naquela universidade, e foi defendido em 26 de maio de 2008 perante uma banca constituída, além de Stéphane Douailler, por: Jacques Rancière, Hubert Vincent, Laurence Cornu e Alain Vergnioux. Somente o epílogo do texto é diferente. Nele estava também presente Jacques Derrida, mas através de sua tese sobre as antinomias da disciplina. Algumas ideias afirmadas no epílogo levam em consideração os comentários da banca, em particular, o duplo valor da ignorância; a relação entre filosofia, limite e infinito; o caráter dos leitores escolhidos, algumas características da criação dos Sócrates de Platão, o modo como a figura de Sócrates facilitaria ou dificultaria uma reflexão radical sobre o ensino de filosofia, o significado da noção de paradoxo e a utilização das metáforas da origem e do pai. Agradeço a esses leitores, e em particular a Douailler, pela sua confiança neste trabalho. Do mesmo modo a outras leituras amigas, como as de Sérgio Sardi, Victoria Juliá e Alejandro Cerletti, que me permitiram melhorar este texto. Finalmente, a Ingrid Müller Xavier, escritora mais do que tradutora, por me ajudar a dispor em português uma maneira de entender, desde o início, as fortalezas e debilidades de certo modo de exercer o poder filosófico e pedagógico de pensar com outros. E por pensar comigo.

Walter Omar Kohan,
Rio de Janeiro, julho 2009/agosto 2011.

Primeira parte

É necessário defender Sócrates?
Ou Sócrates, entre a ironia e o cuidado

Capítulo I

O Sócrates irônico de Kierkegaard

Desde os primeiros socráticos até o século XIX

Sócrates não é indiferente a quem transita pela filosofia, muito menos àqueles que estiveram próximos da sua vida e da sua morte. Sabemos que Platão e Antístenes escreveram cerca de uma centena de *diálogos*; nos *Memorabilia*, de Xenofonte, há fragmentos de umas sessenta conversas; de outros, como Aristipo, Críton, Símias, Glauco e Simon conservamos textos semelhantes contendo entre uma e duas dezenas dessas conversas (Rossetti, 2007, p. 17). Sabemos que, na primeira metade do século IV a.C., floresce o gênero dos *diálogos* socráticos, e que não é possível então fazer filosofia sem ser afetado de alguma forma pelo socratismo. Há também alguns escritos críticos, como a *Vida de Sócrates*, de Aristóxeno, ou do polêmico Heródico em *Em torno aos socráticos*. Progressivamente, os *diálogos* recebem corpos doutrinais até dar lugar aos tratados. Aos neoplatônicos, interessa particularmente o *daímon* de Sócrates, que dá, por exemplo, título a um texto de Plutarco (*O daímon de Sócrates*). Os estoicos veem em Sócrates o pai da filosofia, o que desceu dos céus para a vida de suas pessoas (Cícero, *Tusculanas* V, 4, 10). Esse interesse pela dimensão ética do pensamento e a vida de Sócrates continua nos primeiros séculos da era cristã, por exemplo, em Orígenes, que o considera o "paradigma da melhor vida" (*Contra Celso* III, 66). Santo Agostinho afirma que Sócrates queria libertar o espírito de suas paixões, reconhece a multiplicidade de discípulos e se mostra surpreso com a extrema diversidade com que os seguidores de Sócrates interpretam o soberano Bem (*A Cidade de Deus* VIII, 2-4). No decorrer da Idade Média cristã, a figura de Sócrates é retomada, de maneira direta ou indireta, sempre de modo afirmativo, tanto que se fala de um socratismo cristão, bastante estendido na época,[12] nas artes, na literatura e na arquitetura. O mesmo pode ser dito do platonismo renascentista.[13] A imagem de Sócrates como um Sileno que Alcibíades oferece no *Banquete* de Platão é bastante recorrente nesse período, bem como as comparações entre Sócrates e Cristo ou São Paulo (Erasmus, *Sileni Alcibiadis*). Contudo, é só no final do século XVI, nos *Essais* de Michel de Montaigne, que Sócrates ganha o papel principal e se torna uma referência constante.[14] Sócrates é, para Montaigne, um modelo de aproximação da natureza através da razão, de autoconhecimento e autodomínio; em última instância, um espelho para o modelo da autoformação.[15]

Nos séculos XVII e XVIII, os escritos de Xenofonte são a fonte principal para ler Sócrates, como no capítulo que lhe dedica Fénelon (1850, p. 39-42) em sua biografia dos antigos filósofos. Jean-Jacques Rousseau em diversos textos destaca a figura de Sócrates. No *Discurso sobre a ciência e as artes* (1750), ele o chama de "o primeiro e mais desgraçado" dos sábios, elogia sua relação com a ignorância e sua crítica dos

---

[12] Gregorio Medrano (2004, p. 184 ss.) assinala que as primeiras traduções de Platão na Idade Média tiveram lugar entre 1150 e 1160; portanto, até então a imagem de Sócrates se constrói valendo-se das citações de alguns *diálogos* feitas por leitores dos textos em grego de Platão, como Cícero, Sêneca, Clacídio, Nemésio e Macróbio.

[13] Por exemplo, para Marsilio Ficino, Sócrates é um modelo de tudo o que há de bom na vida filosófica (p. 196).

[14] Montaigne considera tanto as fontes antigas (Platão e Xenofonte) como algumas posteriores (Cícero e Sêneca). São mais de cem referências a Sócrates, contando as edições de 1580, 1588 e 1595 (Villey, 1908, p. 225-232).

[15] Alexander Nehamas (2005) apresenta essa interpretação com base sobretudo no ensaio de Michel de Montaigne, "Da fisionomia", em *Essais*, vol. III, Paris, Garnier-Flammarion, 1969.

saberes e o faz um aliado da natureza em sua luta contra a ciência. Por sua vez, em seu *Tratado sobre a tolerância* (1763), Voltaire dá especial atenção a Sócrates. No capítulo VII, "De si a tolerância foi conhecida pelos gregos", sustenta que foi o único entre os gregos a morrer por suas opiniões, e considera seus juízes um exemplo de intolerância. No entanto, os atenienses procuraram reparar a injustiça: Meleto foi condenado à morte, os outros juízes, desterrados, e a Sócrates se lhe erigiu um templo. Deste modo, para Voltaire, Sócrates é "o mais terrível argumento que se pode alegar contra a intolerância".

A figura, porém, que dá mais luz a Sócrates neste século é talvez Moses Mendelssohn, autor de uma edição muito difundida do *Fédon* (*Leben und Charakter des Sokrates als Einleitung zu seinem Phaedo*, 1767), em que põe na boca de Sócrates argumentos sobre a imortalidade da alma de Descartes e Leibniz e onde inclui como prólogo uma biografia de Sócrates. Esse texto – que teve rapidamente três edições em alemão e foi traduzido para o francês, o italiano, o russo, o hebraico e o inglês – faz de Sócrates um racionalista ilustrado, alguém que defendia a virtude, a sabedoria, a pobreza e a fé em Deus (MEDRANO, 2004, p. 221) e o chama, no começo desse prólogo, de o homem "mais sábio e virtuoso entre os gregos"; retomando Cícero, atribui-lhe transferir a sabedoria "da investigação da natureza à contemplação da humanidade". A afinidade de Mendelssohn com Sócrates é tal que ele foi chamado de "Sócrates alemão".

O século XIX é palco de leituras significativas, impulsionadas pelo giro decisivo que Friedrich Schleiermacher dá aos estudos platônicos. Autor da primeira tradução direta do conjunto dos *diálogos* do grego para uma língua moderna na primeira metade do século, Schleiermacher funda uma nova linha de interpretação do *corpus* platônico, dando especial atenção aos elementos filológicos. É também quem primeiro elabora o que passou a se chamar a "questão socrática" (*Über den Werth des Sokrates als Philosophen*, 1818), isto é, a própria possibilidade de encontrar um Sócrates histórico, consistente com a diversidade de testemunhos que aparecem em Aristófanes, Platão, Xenofonte e outros socráticos, inclusive Aristóteles. Schleiermacher também instaura, pela primeira vez como questão filosófica, a relação entre Sócrates e Platão.

Poucos anos depois, Hegel dedica um notável capítulo a Sócrates em suas *Lições sobre a história da filosofia*. Segundo Sarah Kofman (1989, p. 61), este, depois do de Platão, foi o Sócrates que mais fortemente marcou os filósofos. Sócrates não só é para Hegel uma figura de extraordinária importância na história da filosofia – "o mais interessante na história da filosofia antiga"–, mas é também uma pessoalidade da história universal (*Lições sobre a história da filosofia*, vol. II, cap. "Sócrates"). Sócrates é importante na história da filosofia por ter atribuído a verdade própria do objetivo ao pensamento do sujeito; na história universal, porque sua trágica morte é a consequência necessária da oposição de dois princípios do espírito: a consciência subjetiva e a liberdade objetiva, que propicia o desenvolvimento do Espírito. Hegel oferece, assim, uma compreensão e uma justificativa filosóficas da morte de Sócrates que integram sua vida e seu pensamento e que, de alguma maneira, a desmoralizam e a desidealizam:[16] morte justa e legítima em que não há bons e maus, inocentes e culpados, mas a ineludível confrontação do novo ao velho na história universal. Para Hegel, Sócrates é também uma figura que ilustra leis mais gerais do pensamento, um herói trágico porque representa a tragédia de Atenas, sua ruína, sua desintegração; uma morte anunciada e necessária, em que dois poderes, dois direitos legítimos e morais se enfrentam para abrir caminho a um novo mundo do Espírito.

Dessa forma, Hegel é o primeiro a notar o caráter paradoxal, tragicamente paradoxal, de Sócrates. E, como uma espécie de *boomerang*, o paradoxo apodera-se da própria

---

[16] Claro que, de certo modo, a reidealiza ao situá-la como um momento em sua concepção idealizada da história universal do Espírito.

leitura. Com efeito, como Kofman (1989, p. 63 ss.) bem o notou, o Sócrates de Hegel é bifronte, oscila entre a negatividade e a positividade, e o testemunho de Hegel é no mínimo ambivalente (*ibid.*, 73): por um lado, o erige em figura singular da história universal, por outro, é uma figura que ele parece necessitar pôr novamente diante da morte.

O Sócrates de Kierkegaard: testemunhos e método

Dez anos após a morte de Hegel, em junho de 1841, Kierkegaard apresenta sua tese de mestrado, titulada *O conceito de ironia em constante referência a Sócrates*, na Universidade de Copenhague, e a defende em setembro do mesmo ano. Trata-se de um estudo histórico-filosófico sobre o conceito de ironia: procura determinar o que é a ironia e como ela foi pensada historicamente. As referências a Sócrates ocupam um lugar predominante na tese, uma vez que Kierkegaard o considera o primeiro a introduzir a ironia no pensamento filosófico.[17] Além da interlocução com a corrente filológica de interpretação de Sócrates, originada em Schleiermacher, há pelo menos duas influências muito fortes e presentes nesse texto de Kierkegaard: uma é o próprio Hegel (a quem alude frequentemente e, ademais de suas contínuas referências, explícitas e implícitas, dedica um apêndice da tese); a outra, o cristianismo; do primeiro usa permanentemente o sistema de pensamento e suas categorias para interpretar Sócrates; do segundo, um motivo para ilustrar suas interpretações e para comparar, persistentemente, as figuras de Sócrates a Jesus e, de um modo mais geral, a dimensão religiosa da vida que tanto interessava ao próprio Kierkegaard. Como sugeriu Kofman (1989, p. 179), a relação com Hegel é na verdade crítica: trata-se de substituir uma figura socrática por outra, mais real, possível e

---

[17] As referências de Kierkegaard a Sócrates, ainda que dispersas, são frequentes nos trabalhos posteriores de sua intensa obra, concentrada desde 1841 até sua morte, em 1855. Para uma visão de conjunto da leitura kierkegaardiana de Sócrates, ver George Pattison (2006, p. 19-35).

ao mesmo tempo necessária. Em seguida vamos analisar os aspectos principais dessa interpretação. Não nos propomos a fazer uma exegese do pensamento de Kierkegaard, mas a examinar os aspectos que contribuem para outorgar maior riqueza à figura de Sócrates.[18]

A primeira parte da tese inclui uma análise filológica e filosófica sobre os testemunhos disponíveis para reconstruir a figura de Sócrates. À diferença de Hegel, Kierkegaard não prestigia o testemunho de Xenofonte (KIERKEGAARD, 2000, p. 87-96). Julga-o eficaz para mostrar que os atenienses acusaram Sócrates injustamente, a tal ponto que leva o leitor a pensar que o fizeram por inépcia ou por equívoco (p. 87). Mas considera que esse testemunho mostra um Sócrates tão inofensivo que o retrato não tem nenhuma graça, enfastia por completo. Além do mais, não permite entender o porquê das acusações e de sua condenação. Contudo, o problema principal dessa fonte para os interesses de Kierkegaard é outro: Xenofonte oferece um Sócrates sem nenhuma ironia.

Tudo o que falta ao Sócrates de Xenofonte está em excesso no Sócrates platônico. Se o Sócrates de Xenofonte é um "apóstolo da finitude" (p. 177), o de Platão começa "onde termina a empiria" (p. 176). Se há algo que não falta a esse Sócrates que "ganhou idealidade" (p. 177), é justamente a ironia, ou melhor, dois tipos de ironia: uma mais superficial, que é apenas um estímulo para o pensamento quando está preguiçoso ou, em todo caso, um corretor quando ele se desvia; é a ironia que pode ser percebida na superfície do diálogo, como um recurso argumentativo que Sócrates utiliza com seus interlocutores. Mas há outra ironia mais profunda,

---

[18] Por sua densidade e importância, neste texto nos limitamos à leitura de Sócrates que aparece na tese citada. Como sugerido por Pattison (2006, p. 19), o Sócrates de Kierkegaard é complexo e variável. Por exemplo, nos *Philosophical Fragments* (1844, cap. 1: "A Project of Thought") afirma que Sócrates sustentou o papel de parteiro não porque seu pensamento não tivesse algum conteúdo positivo, mas porque notou que essa relação é a mais eminente que um ser humano pode manter com outro, o que contradiz, como veremos neste capítulo, o tom mais positivo da leitura de Sócrates que ele mesmo oferece na sua tese.

que se move por si mesma e que é o fim ao que tende, e não o princípio para outra coisa (p. 172). É uma espécie de força metafísica que dá sentido ao próprio diálogo.

Segundo o dinamarquês, Platão acrescentou tanto a Sócrates que se faz necessário tentar dissociá-los para chegar a este último. Para isso, Kierkegaard retoma uma distinção já realizada por Diógenes Laércio entre *diálogos* dramáticos e narrativos. Os primeiros – como o *Górgias* ou o *Mênon* – são aqueles em que o diálogo é apresentado diretamente. Já nos segundos – como o *Banquete* e o *Fédon* – o diálogo se dá através de um relato indireto. Segundo o dinamarquês, estes últimos seriam os *diálogos* de caráter mais histórico (p. 99).[19]

Em Sócrates a ironia é também um método. Com efeito, Kierkegaard (p. 102-104) distingue dois principais métodos para conhecer: o especulativo e o irônico. No primeiro, quem pergunta o faz para obter respostas cada vez mais profundas e significativas. No segundo, interroga para esvaziar as respostas de seu interlocutor. Sócrates parte do pressuposto de que ninguém sabe nada em absoluto (inclusive ele mesmo) e utiliza o método irônico para chegar a esse mesmo lugar, para examinar seus pressupostos e mostrar que nenhum homem sabe nada em absoluto. Kierkegaard ilustra esse método com a passagem da *Apologia* em que Sócrates dá sentido à sentença oracular segundo a qual ele é o ateniense mais sábio. Sócrates, diz Kierkegaard, interroga para esvaziar os outros de respostas. Em Platão, entretanto, o sentido do diálogo é manter a unidade entre pensar e ser da qual parte e, através de suas respostas dadas no decorrer da conversa, envolver nessa unidade os interlocutores do diálogo.

Segundo Kierkegaard, o método de Sócrates é também abstrato, uma vez que consiste em "simplificar suas múltiplas combinações da vida, reconduzindo-as a uma abreviatura mais e mais abstrata" (p. 107). Isso é feito, por exemplo,

---

[19] Resguardadas as suas diferenças, Kierkegaard (p. 112) vê alguns pontos de contato entre Sócrates e Platão: uma perspectiva, ao mesmo tempo, irônica e especulativa em ambos.

através de seu discurso sobre *éros* no *Banquete*, depois da gravidade terrestre dos discursos anteriores. Ali também Sócrates parte do concreto e conduz o pensamento em direção ao abstrato puro: o amor, sem determinações, esvaziado de conteúdo, puro ser. E a imagem final do diálogo o mostra como a unidade irônica, abstrata, do cômico e o trágico fundidos no tragicômico.

A ironia de *éros* e *philía* (*Lísis*)

Entre todos os *diálogos*, o *Banquete* e o *Protágoras* interessam especialmente a Kierkegaard. Este último é paradigmático do método irônico: o resultado não só é negativo, como também plenamente consciente dessa negatividade. Ambos os contendentes perguntam e respondem, mudam de lugar, tomam a posição do outro e, sem embargo, ao final o resultado é negativo no sentido mais forte da palavra: chegou-se não à falta de resultado, mas a um resultado que mostra a impossibilidade dos resultados propostos. Também nisso o Sócrates da tese de Kierkegaard (p. 123) difere daquele de Platão: se o platônico acalmaria a existência com a reminiscência, o socrático remeteria a um passado, tão distante no tempo, que seria impossível recordar.[20]

Mas a ironia alcança também o erotismo de Sócrates. Com efeito, Kierkegaard mostra como, no *Banquete*, Alcibíades descreve duas facetas de Sócrates que são também da ironia: a) não desmascarar-se jamais, e b) como Proteu, mudar de máscara ilimitadamente (p. 112-113). Quando se crê que Sócrates está em um lugar, ele já se foi, e Alcibíades e todos os amantes de Sócrates padecem a mesma dor: quando se renderam a ele, quando a sedução se consumou,

---

[20] Esta distinção entre Sócrates e Platão perde força nos trabalhos de Kierkegaard posteriores à sua tese. Por exemplo, na passagem já citada dos *Philosophical Fragments*, ele cita a aporia do *Mênon* (não se pode investigar o que se conhece porque já se o conhece, nem o que não se conhece porque, como não se o conhece, não se poderá sequer procurá-lo), e diz que Sócrates pensa a aporia através da teoria da reminiscência, sem fazer nenhuma distinção entre Sócrates e Platão.

Sócrates corre do lugar do amante para ocupar o do amado. Kierkegaard apresenta a alocução de Alcibíades no *Banquete* para mostrar que tanto a relação amorosa entre Alcibíades e Sócrates quanto a essência do amor tal como é apresentada em o *Banquete* são negativas.

O *Banquete* é, por sua forma narrativa, um dos *diálogos* que Kierkegaard considera históricos. Atualmente, a crítica filológica não duvida em localizar esse diálogo no período de maturidade de Platão e considera platônica a concepção de *éros* que ali Sócrates diz ter aprendido de Diotima. De fato, ali aparece o reconhecimento de um saber positivo de Sócrates que não é facilmente compatível com o Sócrates da *Apologia*, nem com o do *Lísis*: pois ele afirma que nada sabe, a não ser as coisas do amor (*oudén phemi állo epístàsthai è tà erotiká*, *Banquete* 177d) e essas coisas ele as aprendeu com Diotima (201d).

Justamente Kierkegaard não se detém no *Lísis*, próximo da temática do *Banquete* e exemplar do proceder erótico de Sócrates. Vamos analisá-lo com mais detalhe no que ele mostra em relação ao problema que me interessa e pelas tensões que oferece a essa leitura do dinamarquês.[21] O início do diálogo mostra Sócrates caminhando de um bairro (Academia) a outro (Liceu), "por fora do muro" que rodeava Atenas a nordeste. Kierkegaard tira proveito dessa volta que Sócrates dá em torno da cidade, pelo lado de fora, sem nela entrar; seus pontos de partida e de chegada são bairros repletos de ginásios e palestras,[22] onde procura falar com os jovens. A imagem do começo do diálogo é uma metáfora do movimento do filósofo (da ironia?), que vai de um lado, por fora, sem entrar verdadeiramente, mas também sem sair completamente. O filósofo coqueteia com o centro da *pólis*;

---

[21] Curiosamente, ao estudar a concepção hegeliana de Sócrates, Kierkegaard (p. 255) censura Hegel de, entre os *diálogos* platônicos, referir-se exclusivamente ao *Lísis* como exemplo do método socrático, de não justificar sua escolha como único testemunho e de fazer apenas uma observação muito *geral*.

[22] Espaços, em geral, abertos, para a prática de exercícios corporais.

corre por fora, em suas margens, nos limites, nos pontos de fronteira, um fora que não é de todo exterior, mas tampouco completamente interior.

Nesse caminho, Sócrates "tropeça" com um grupo de jovens, entre eles Hipotales e Ctésipo (*Lísis*, 203a). Sócrates, que narra em primeira pessoa a conversa, como no *Cármides*, quer saber para que é convidado e quem é o belo que estão cortejando. Apresenta-se a si mesmo como inábil e inútil (*phaûlos kai ákhrestos*, 204b), mas hábil para conhecer o amante e o amado por um dom do deus (*ek theou dédotai, taxù hoîoi t' eînai gnónai erôntá te kaì erómenon*, 204c).

Ctésipo conta a Sócrates que Hipotales está enamorado de Lísis, adolescente jovem e belo, excelentemente dotado. Na primeira parte do diálogo, Sócrates mostra a Hipotales o equívoco de sua tática de adular Lísis exageradamente com escritos cheios de lugares-comuns e se oferece para dialogar com Lísis para mostrar-lhe o tipo de coisa sobre a qual deveria falar e o modo como deveria fazê-lo (205d-206c). A primeira lição de Sócrates é rápida e categórica: o principal erro de Hipotales é elogiar o amante exageradamente antes de conquistá-lo. Essa estratégia é ineficaz e perigosa, pois, quanto mais alguém é elogiado, mais difícil torna-se de conquistar; e ainda que fosse eficaz, teria mostrado mais uma adulação e conquista de si que do outro.

Depois de deixar Hipotales aturdido, Sócrates entra na palestra para conversar com Lísis e seu primo Menexeno, de mesma idade (207b ss.). Sócrates faz com Lísis o contrário de Hipotales: o submete a um interrogatório que o rebaixa continuamente, o diminui e deixa-o ainda menor do que é. Com efeito, Sócrates mostra a Lísis que seus pais confiam suas coisas a seus escravos antes de confiá-las a ele; ele, que se diz livre, é duplamente dependente; primeiro não se governa a si mesmo (*árkhein seautoû*, 208c), mas é governado por outro, um escravo, o pedagogo, *paidagogós*, ou pelo seu mestre, *didáskalos*. Além do mais, nem sequer lhe é permitido pôr suas mãos nos tecidos de sua mãe. Em suma, Sócrates diz a Lísis que sua vida é tão servil que não consegue fazer nada do que deseja, ao que Lísis assente mansamente (208e-209a). Não se trata de uma questão de idade, mas de ser ou não suficientemente sábio (*sophós*) e sensato (*phroneîn*) para governar-se a si mesmo e aos outros (209a-210d).

Sócrates argumenta em dois níveis. Por um lado, no seu discurso, direto e convincente; por outro, na ação dramática: Sócrates não só mostra a Lísis com palavras que em sua casa o tratam como a um escravo, mas o seduz até escravizá-lo. Faz dele o que quer, e Lísis se rende ao seu saber. Como diz no *Banquete*, Sócrates é realmente experto nas coisas do amor, não só em teoria, mas também na prática. Se no *Banquete* proclama saber sobre as coisas do amor e enuncia o saber que aprendeu com Diotima, no *Lísis*, ilustra com fatos todo seu saber erótico: seduz e possui completamente o belo jovenzinho Lísis: dá uma lição de erotismo a todos os jovens ali presentes. Argumenta que o saber dá liberdade, entendida como governo de si e dos outros, e ele mesmo se mostra absolutamente dono da situação e, pouco a pouco, do próprio Lísis, objeto de desejo de Hipotales. Pelo contrário, os que não sabem do amor, como o próprio Lísis, são escravos dos outros. Com poucas palavras, Sócrates consegue o que Hipotales com mil poemas não conseguiu: Lísis, o belíssimo jovenzinho, está completamente aos seus pés. O diálogo *Lísis* mostra o Sócrates erótico no momento da sedução, um passo antes do *Banquete*.

É particularmente interessante a conclusão de Sócrates: se alguém necessita um mestre, então é porque ainda não é prudente (*Ei d' ára sù didaskálou déei, oúpo phroneîs*, 210d). O *didáskalos* é esse especialista, instrutor, do qual Sócrates uma vez mais se diferencia. De fato, Sócrates, nessa passagem, não foi um *didáskalos* de Lísis, não lhe ensinou um saber que ele não sabia, mas lhe fez notar a importância de modificar a relação consigo mesmo, em termos de saber e prudência. Lísis, depois de falar com Sócrates, não sabe um saber que não sabia, mas passa a saber a importância de saber de outra maneira, de posicionar-se de outro modo com respeito ao saber. Sócrates o esvaziou, diria Kierkegaard.

O *Lísis* em seguida abre um intervalo para dar lugar a uma nova conversa, agora a pedido de Lísis (210e-211e), dessa vez entre Sócrates e Menexeno, que é apresentado como discípulo de Ctésipo. Sócrates pergunta a Menexeno: quando alguém ama outro, qual dos dois se torna amante do outro, o que ama, do amado ou o amado, do que ama (ou, quando alguém é amigo de outro, qual dos dois se torna amigo, o que propõe a amizade ou o que a recebe? [*peidá tís tina phoilêi, potérou phílos gígnetai, o philón toû philouménou è ho philoúmenos toû philoûntos* (212a-b).[23]]

Menexeno não tem êxito na resposta. Primeiro, propõe que as duas alternativas são válidas, mas não consegue responder às complicações que Sócrates introduz na conversa: das duas uma, ou a reciprocidade é uma condição da *philía* ou, então, relações não correspondidas, tão variadas como a *philía* por um cavalo, uma codorna, um cão, um vinho, a ginástica, o conhecimento ou um bebê recém-nascido, não pertencem ao âmbito da *philía*. Dela ficam fora até os sentimentos não correspondidos por outras pessoas. Mas a alternativa de que a *philía* não seja recíproca nos leva à contradição de que alguém ame a quem o odeia ou seja amigo do seu inimigo (212b-213b).

Ainda que a conversa com Menexeno seja curta, Sócrates se diz cansado e quer voltar a conversar com Lísis, que se mostra sensível à filosofia (*estheís têi philosophíai,* 213d) e é seu verdadeiro objeto de desejo no diálogo. Com Lísis, Sócrates retorna ao ponto em que se haviam perdido com Menexeno. A partir daí, Sócrates invoca poetas como Homero, Empédocles e Anaxágoras, e todos os que coincidem em

---

[23] O termo grego *phílos*, que aqui aparece nas formas de particípio e adjetivo, utilizado frequentemente no *Lísis*, tem o duplo significado de amigo/amante. Em *As Leis*, Platão diz que, quando um *phílos* se torna veemente, é chamado de *erotikós* (VIII, 837a).

afirmar que "o semelhante é amigo do semelhante" (214a-b). Ainda que Sócrates restrinja esse pensamento moralizando-o (só os semelhantes que são bons são amigos entre si, já que os maus jamais podem chegar a uma verdadeira amizade), novamente se perde, uma vez que os bons são autosuficientes e, portanto, separados, não se precisam e juntos não tiram proveito um do outro (214c-215c).

Sócrates, então, abre uma nova fase da conversa na que Menexeno torna a tomar parte. Invoca Hesíodo, que afirma o contrário de Homero: só é possível a *philía* entre os que não são semelhantes, entre os opostos ou contrários. Mas essa tese, que a princípio parece atraente, leva também à contradição: se os opostos se atraem, então a amizade atrairá a inimizade, o justo ao injusto, o bem ao mal (215d-216b). De modo que as teses dos dois poetas maiores da Grécia, Homero e Hesíodo, levam igualmente à contradição (216b).

Sócrates, aturdido pelo descaminho do argumento (*hypoû tês toû lógou aporías*, (216c), postula uma nova hipótese: além do bom e do mau, deve haver um terceiro gênero, as coisas nem boas nem más. Talvez, então, a *philía* seja uma relação entre coisas boas e coisas que não são nem boas nem más (216d-217b) ou, mais precisamente, o que não é bom nem mau será amigo do bom pela presença potencial do mau nele. Sócrates dá dois exemplos de coisas que não são nem boas nem más: a) o corpo, que busca a saúde pela ameaça de que a enfermidade nele se apresente, e b) o saber. Há homens ou deuses que já sabem (os "bons") e, portanto, não desejam saber. Existem também homens que ignoram em sentido forte (os "maus"), portanto, tampouco desejam saber. E há um terceiro gênero, os que não sabem, mas são sabedores de que não sabem e desejam saber. Estes, não são nem bons nem maus, e só eles são os que desejam saber (o verbo *philosopheîn* aparece várias vezes no *Lísis*, 218a-b).

Se o primeiro exemplo é o corpo, o segundo – o saber – se refere à alma, o que permite Sócrates dar uma definição "completa" de *philía* no ser humano: "o que num ser humano não é bom ou mau, e tende ao bem pela presença do mau" (218c). Contudo, uma vez mais as coisas se complicam: se algo tende ao bem, é por algo diferente de si mesmo e, então, haverá que remontar até o primeiro princípio, aquilo verdadeiramente *phílos*, em vista do qual as outras coisas também o serão. Assim, todas as outras coisas só são *phílos* em sentido derivado, em função desse princípio (219c-d). Portanto, realmente *phílos* é só aquilo que o é por si, e não por outra coisa (220b). Mas as coisas tornam a se complicar, e Sócrates parece estar andando em círculos. O final é previsível: os pedagogos levam Lísis e Menexeno, embora à força, sem que Sócrates e os jovenzinhos tenham podido chegar a bom termo acerca da questão "que é um amigo".

Contudo, ficam alguns ensinamentos. Sócrates novamente cumpriu o seu papel: seduziu Lísis, que o escuta com cuidado e atenção. Vale notar que ele ganha a atenção de Lísis não só para si, mas também para a filosofia. No diálogo, algumas marcas o testemunham: é amante de escutar (*philékoos*, 206c); esteve completamente atento à conversa (*pántos gàr proseíkhes tòn noûn*, 211a); ainda que aceite ser porta-voz da conversa quer que Sócrates diga alguma outra coisa a Hipotales para ele mesmo se colocar no lugar da escuta (*allá ti àllo autôi lége, hína kaì egò akoúo*, 211b). Ao dirigir sua atenção para a filosofia, Lísis vai dirigi-la para si mesmo. O dizer socrático funciona plenamente, e Sócrates provoca uma diferença em todos os interlocutores. Por exemplo, Hipotales percebe como deve mudar sua relação com Lísis; Menexeno já não pensa mais da mesma maneira sobre o que faz que um *phílos* seja um *phílos*. Lísis é outro depois de conversar com Sócrates e reconhece que sua situação servil – em casa e fora de ela – não se deve à sua curta idade, mas à sua falta de saber e de prudência, um problema do qual já começa a ocupar-se no próprio diálogo. No final das contas, todos têm novos elementos para pensar porque são *phílos* do que são *phílos*, assim como para pensar o que faz que algo seja ou não seja digno de ser *phílos*.

A conversa do *Lísis* mostrou também que entre amantes não é fácil saber quem ama a quem. Todas as possibilidades examinadas acabam em antinomias e, mesmo quando ali o tema é a *philía* e não *éros*, nada parece indicar que os argumentos do *Lísis* não possam ser usados para problematizar as falas de Alcibíades no *Banquete*.

Em todo caso, as coisas são um pouco mais complexas do que Kierkegaard indica. Por um lado, é notório que Sócrates não é ali pura negatividade. Por outro, o *Lísis* também mostra que Sócrates ocupa, em relação aos seus jovens interlocutores, uma posição de superioridade epistemológica, pedagógica, política e filosófica. Nada há de diálogo simétrico na relação entre quem ensina e quem aprende.

Como afirmamos anteriormente, Kierkegaard (2000, p. 145) distingue dois tipos de ironia presentes nos *diálogos* de Platão. O primeiro tipo – socrática – é um poder que impulsiona a indagação; o outro – platônica – é "aquela que, a ser possível, se erige em amo". O *Lísis* é uma mostra dos efeitos positivos da ironia socrática.

Vida e morte, tragédia e comédia

Kierkegaard afirma que na *Apologia de Sócrates* a ironia socrática se faz presente em todo seu esplendor. Com efeito, esse texto seria revelador de uma relação irônica com a morte, não só pela maneira como Sócrates diz duvidar do valor comparativo da morte e da vida, mas, mais profundamente, porque suas concepções da morte como "sono profundo" ou como "nada" aportam uma aparente liberação do temor a algo que não se conhece, mas também a necessidade de representar-se algo do que não se sabe nada, para o qual haverá que apelar a uma tranquilidade absolutamente vazia de conteúdo, de conhecimento. A ironia é que não sabemos nada sobre a morte, mas não podemos deixar de pensar que não sabemos nada sobre ela. De modo mais geral, Kierkegaard (p. 146) argumenta que toda a *Apologia* é irônica: entre a acusação (introduzir novas doutrinas) e a defesa (Sócrates nada sabe) não há nada, nenhum ponto de contato, já que Sócrates não responde às acusações, mas mostra sua impossibilidade. Há até uma ironia maior: ao final, Sócrates sofre uma vingança irônica: ele, que se declara o mais sábio por nada saber, é condenado a algo que ninguém sabe que é: a morte.

No entanto, onde Sócrates se manifesta mais cabalmente como uma porta de entrada para compreender o fenômeno da ironia é que *"a existência de Sócrates é ironia"* (KIERKEGAARD, p. 177; sublinhado do autor). Com efeito, tanto para Xenofonte quanto para Platão, Sócrates é alguém que necessita ser completado. O primeiro, empurrando-o para o terreno do proveitoso; o segundo, elevando-o às regiões celestiais de suas Ideias; Kierkegaard afirma que a ironia se encontra no meio, dificílima de captar, invisível, entre o empírico e o ideal, andando de um lado para outro, variando no real, um impossível: um sofista universal, Sócrates, isso *é* a ironia.

Aristófanes completa o triângulo irônico. Se o Sócrates de Platão é a idealidade trágica, o de Aristófanes é a idealidade cômica. Seu testemunho não é menos necessário ou real do que o de Platão ou do que o de Xenofonte, visto que a ironia se manifesta também através do cômico, ainda que em outro sentido também libera o indivíduo do cômico. Para Kierkegaard, o testemunho de Aristófanes é o que está talvez mais próximo da verdade de Sócrates.

Para comprová-lo, basta precisar uma das teses que antecedem ao próprio texto. Com efeito, quando apresenta a dissertação, em junho de 1841, Kierkegaard solicita que o texto seja aceito apesar de estar escrito em dinamarquês, e não em latim. Argumenta que a natureza do tema tornaria quase impossível um tratamento em língua erudita. Finalmente, o pedido é aceito com a condição de que a dissertação fosse precedida por um número de teses em latim que Kierkegaard estabelece como quinze. Entre as recomendações dos jurados, está a eliminação de algumas teses, a que Kierkegaard não atende. Suas teses são uma síntese da dissertação.

Uma das teses, a VII, diz: "Aristófanes chegou a estar mais próximo da verdade na sua descrição de Sócrates". Na dissertação resume o argumento de *As nuvens* e oferece uma interpretação potente: a ironia se personaliza em Estrepsíades, que busca algo inesperado e acaba recebendo um impossível necessário: uma tremenda surra de seu filho Fidípides. Mas, sobretudo, ela se mostra no ironista por excelência, Sócrates, o do gozo abstrato, vazio, um personagem isolado, dialético, suspenso no ar, acima de seus discípulos, atraindo-os e repelindo-os enigmaticamente.

Que fica de Sócrates além de Xenofonte, Platão e Aristófanes? Que oferecem de comum os testemunhos? Em primeiro lugar, seu demônio. Tanto Xenofonte como Platão o mencionam de maneira abstrata ("o demoníaco" ou "algo demoníaco") ainda que com funções distintas: neste, alerta, previne, manda abster-se; no primeiro, também recomenda, instiga e manda agir, o que Kierkegaard (p. 202-203) considera um descuido de Xenofonte. Seu argumento deixa ver que há uma consideração intelectual muito mais elevada em Platão do que em Xenofonte. Destaca, para justificar essa consideração, que Sócrates não se tenha ocupado efetivamente dos assuntos do Estado, como afirma a voz demoníaca platônica na *Apologia*.

O demoníaco é efetivamente um desafio irônico à religião grega oficial. Diante do concreto e vital dos deuses tradicionais, Sócrates opõe um silêncio em que esporadicamente se escuta uma tênue voz de alerta que, afirma Kierkegaard (p. 204), não se ocupa dos assuntos públicos, mas dos assuntos particulares de Sócrates. Kierkegaard se apoia em Hegel para mostrar sua interpretação do demoníaco: algo a meio caminho entre o oráculo e a liberdade interior; um saber inconsciente, particular e subjetivo; o demoníaco é ironia, afirma Kierkegaard: um salto de Sócrates para um lado para lançar-se de novo sobre si; um salto para nenhum lugar; a voz de uma liberdade tão infinita quanto negativa, a segurança de uma voz sem som, de um lugar sem território (p. 208), relação inteiramente negativa com o estado de coisas.

Depois, fica também a condenação de Sócrates. Na síntese de Kierkegaard, essa se apoia em duas acusações: a) não crer nos deuses da *pólis* e introduzir outras divindades, e b) corromper os jovens. A primeira parte tem dois componentes: um é o demoníaco já aludido; o outro, tem a ver com a posição socrática de ignorância. Kierkegaard afirma que Sócrates é um ignorante filosófico, não empírico. Isso significa que ele sabe muitas coisas, mas não o fundamento delas, o divino, o eterno; não o nega, mas o ignora, e essa é a sua sabedoria humana, enquanto consciência do limite de seu saber. Além do mais, Sócrates não se conforma com ter esse saber para si e sai em busca de cada indivíduo ao que lhe tira tudo, deixa-o com as mãos vazias; isola seus interlocutores enquanto os opera para cortar seu vínculo com o exterior. Sua ignorância é invencível, nada empírico por direito poderia acabar com ela. Esta é a fortaleza da ironia: sua tranquilidade é produto de uma intranquilidade radical. Do mesmo modo, o "conhece-te a ti mesmo" do Sócrates de Kierkegaard é, congruente com a ignorância, um chamado a afastar-se de todo o resto; mais que uma introspecção ou um conhecimento afirmativo sobre o próprio eu, constitui um mandato que Sócrates dirige a todos os seus concidadãos, para esvaziar-se do que rodeia a subjetividade. Nesse sentido, sua prédica é uma espécie de bomba de ar que aspira o que obstrui os seres humanos, impedindo que se elevem a um ar menos concreto e terrenal.

Assim, o Sócrates da tese de Kierkegaard é um revolucionário sem revolução, sem plano, sem exército, sem nenhuma positividade a opor ao estado de coisas. Não pode acomodar-se às diversas formas concretas do Estado, porque tudo o que tem para opor é a sua ironia, e esta lhe impede estabelecer qualquer relação ou vínculo afirmativo que o ate e o tire desse estado de gravitação permanente em que se encontra. Essa insubordinação negativa no âmbito religioso é suficiente para justificar a acusação contra ele, mas, como se não fosse suficiente, Sócrates não só pessoalmente desobedece ao Estado, mas é o gérmen para que os jovens ocupem a sua posição.

Essa é a segunda parte da acusação. Neste ponto, Kierkegaard (p. 23) retoma, parcialmente, a explicação de Hegel, segundo a qual Sócrates cometeu a atitude indefensável de intrometer-se na relação absoluta entre pais e filhos. Kierkegaard dá um complemento interessante: o problema de Sócrates não é tanto a sua pretensão de dar preferência ao mais entendido por cima do critério de autoridade imposto pela instituição familiar, segundo a interpretação hegeliana. O problema é que só Sócrates se considera a si mesmo o mais entendido e não está disposto a participar das formas que o Estado se deu para determinar essas questões. O problema para o dinamarquês está, uma vez mais, na absoluta abstração do princípio de Sócrates, completamente desancorado de qualquer solo firme.

De maneira mais específica sobre o tema de nosso trabalho, Kierkegaard acrescenta algumas observações preciosas. Cita uma analogia do *Górgias* (511e) em que Sócrates se compara a um marinheiro que não está de todo seguro de ter feito um bem a todos os passageiros ao salvá-los de um naufrágio em alto-mar, uma vez que, para alguns, poderia ter sido um bem maior morrer na viagem. Quanto ao seu ensinar, a analogia reafirma sua completa ironia: por um lado, Sócrates não ensina nada afirmativo a não ser um deslocamento no próprio pensamento dos jovens que conversam com ele; por outro, em si mesmo seus ensinamentos não valem nada, tudo depende do estado da alma dos jovens que os recebam e do tipo de viagem que fazem com eles.

O Sócrates da tese de Kierkegaard nem sequer dá a seus discípulos algo que compense o vazio em que os deixa ao debilitar seus laços institucionais. Argumenta o dinamarquês:

> Pois poderia pensar-se que Sócrates, pese a ter cometido um delito contra o Estado ao intrometer-se em suas famílias de maneira tão improcedente, pode, no entanto, em

função da *significação absoluta de seu ensino*, em função da relação interna entabulada com seus discípulos sem outro alvo que o bem-estar deles, compensar o dano causado por sua incômoda intromissão. Vejamos então se a sua relação com os discípulos tem seriedade e seu ensino, o *páthos* que caberia exigir de tal mestre. Pois bem, isto é o que *sentimos falta totalmente* em Sócrates (p. 226, grifos do autor).

Sócrates não eleva seus discípulos para que contemplem junto com ele um mundo ideal. Seu erotismo está a serviço de sua negatividade: seduz, mas não preenche; fascina, mas não sacia o que alimenta; desperta desejos que deixa insatisfeitos, que geram a dor de amar sem ser amado. É que Sócrates, e essa é também sua ironia, não pode amar nada concreto. Entre seus discípulos, Alcibíades é o que mostra mais claramente a ironia de Sócrates através de uma relação entre ambos estancada no abstrato, sem vínculos concretos. Uma vez que o jovem belo e nobre é seduzido, que sente que seu vínculo com Sócrates é inquebrantável, uma vez que a sedução socrática se consumou, o jovem passa de amado a amante, e Sócrates a seu contrário, e é o próprio Sócrates e não o vínculo o que passa a ser inquebrantável a partir de então (p. 228).

O desenlace do julgamento de Sócrates mostra que a sua vida e a sua morte são ironia. Condenado, ele mesmo não pode estabelecer uma relação com as instituições de sua *pólis*. Considera que a pena de morte é preferível a outros castigos que a evitariam, como o desterro ou uma multa, já que, enquanto as outras duas opções são inelegíveis, a morte é uma incógnita, ninguém sabe se é realmente algo mau. Sua ironia é tal, afirma Kierkegaard, que "vai elevando-se mais e mais ligeiro até ver, em seu irônico voo de pássaro, que tudo desaparece sob os seus pés, e aí do alto fica contemplando com irônica suficiência, sustentado pela absoluta coerência interna da negatividade absoluta" (p. 235). Com Sócrates, a ironia é real, e não meramente aparente.

A *Apologia de Sócrates* é pura negatividade?

A *Apologia de Sócrates* de Platão ocupa lugar central na interpretação de Kierkegaard. Uma de suas teses (a V) que antecedem à dissertação se refere a ela e afirma: "A *Apologia de Sócrates a*presentada por Platão ou bem é espúria, ou bem se explica de maneira totalmente irônica".

Que a *Apologia* seja espúria é a tese de Friedrich Ast *(Platons Leben und Schriften)*, para quem o texto é obra de um orador desconhecido. Kierkegaard (p. 138 ss.) discute essa interpretação longamente e defende, ao contrário, que a *Apologia* é "ironia em sua totalidade".

Há algo na própria forma do texto de Platão que parece dar razão a Kierkegaard. Damos por descontada a autenticidade platônica do diálogo, a qual atualmente ninguém discute. Contudo, a *Apologia* é um raro exemplo de diálogo juvenil de Platão que não é propriamente um diálogo, mas um monólogo de Sócrates, apenas com algum breve intercâmbio com Meleto. Certamente, o relevante não é tanto a forma externa da escrita – quantos interlocutores aparecem explicitamente – mas o que poderia ser caracterizado como a mono ou a polifonia que constituem sua narrativa dramática, isto é, o número de vozes que atravessam um discurso e lhe dão forma e sentido. Assim, poderia afirmar-se que o monólogo de Sócrates perante os seus juízes seguiria uma dramática dialógica, na medida em que contém formas implícitas de perguntas ou considerações atribuídas a seus juízes e também as respostas de Sócrates a elas. Haveria diálogos implícitos no monólogo de Sócrates. Todavia, são "diálogos" em certo modo impossíveis uma vez que só Sócrates (ou Platão) poderia pensar que seus acusadores proporiam o que ele afirma ali que lhe poderiam propor; diálogos que, na realidade, Sócrates (ou Platão) tem com ninguém mais que consigo mesmo. Nesse sentido, a dramaticidade da obra é efetivamente irônica na medida em que sua narrativa é monológica [ou dialógica de um só sujeito (Sócrates ou Platão)] consigo mesmo.

Vale a pena notar inclusive aspectos que reforçam linhas apontadas pela leitura de Kierkegaard, ainda quando não se a subscreva inteiramente. Primeiro, há que atentar às duas figuras subjetivas com as quais o ateniense se identifica. Desde o início de sua defesa, depois de que Meleto apresentou a acusação, Sócrates se esforça em marcar o seu não lugar ante os discursos imperantes nos tribunais. Não só não quer que o assimilem aos que, perante o tribunal, são hábeis em retórica, mas afirma que a própria língua será outra. Assim, como se apresenta pela primeira vez aos tribunais aos setenta anos, pede permissão para falar a língua com a qual foi educado, a sua língua infantil. De modo que, ao menos quanto as figuras às que apela, Sócrates falará em sua defesa, improvisando, como um estrangeiro e, como tal, utilizará a língua de sua infância. A verdade nos tribunais, diz Sócrates, virá de um estrangeiro infantil, uma figura duplamente exterior à *pólis*.[24]

Mas, ainda assim, os problemas de uma interpretação puramente negativista de Sócrates subsistem. O saber socrático não é meramente negativo, como afirma Kierkegaard em sua dissertação. Se o fosse, seria saber de nada, nada de saber. Mas não o é. Ao contrário, ao negar uma negatividade, essa se torna uma positividade, porque o mito de seu saber da ignorância na *Apologia* outorga uma tremenda força à vida de Sócrates e ao pensamento em geral. Em princípio, a ignorância é um vazio, uma falta, um defeito *(i-gnorantia)*. A sabedoria parece ser o seu contrário, uma presença, uma plenitude, uma virtude. Sócrates, ao postular que a ignorância é um saber, inverte as coisas, ao menos no âmbito humano. Nada mais vazio para um ser humano que considerar-se sábio. Nada mais negativo que os supostos sábios. Nada mais potente e afirmativo para um ser humano que saber-se ignorante. O gesto de Sócrates é impressionante: nada é o que parece. Ao contrário, as coisas são opostas ao que pareciam: a ignorância sabe, o saber ignora; o ignorante sabe, o

---

[24] Retomaremos esta passagem no epílogo, com base na análise de J. Derrida em *De l'hospitalité*, 1997.

sábio ignora. Tamanho sacrilégio. A ignorância não é o que parece, uma negatividade, mas todo o contrário: a afirmação que torna possível o saber, o pensamento, enfim, uma vida digna para os seres humanos.

Em que sentido Sócrates entende essa projeção educacional do seu filosofar? Na *Apologia*, necessita responder à acusação contra ele afirmando que "nunca fui mestre de ninguém" *(egò dè didáskalos mèn oudenòs pópot' egenómen, Apologia* 33a). Sócrates justifica essa negação com três argumentos: a) não recebe dinheiro de quem deseja escutá-lo nem discrimina os seus eventuais interlocutores pela sua idade ou pelo seu dinheiro; b) não prometeu nem jamais ensinou a ninguém conhecimento algum *(méte hypeskhómen medeni medèn pópote máthema méte edídoxa,* 33b); c) se alguém diz que apreendeu dele em privado algo diferente do que afirma diante de todos os outros não diz a verdade, já que ele se comporta da mesma maneira – diz o mesmo – em particular e em público.

Suas três razões são importantes e por meio delas Sócrates busca diferenciar-se de atores socialmente relevantes no seu tempo, justamente, no terreno educacional em que tem lugar a segunda parte da acusação contra ele. São três razões que instauram um tipo de relação diferente com o ensinar e o aprender e entre quem ocupa a posição de ensinante e quem ocupa a posição de aprendiz.

A primeira razão deslegitima a profissionalização do ensino; questiona os que vivem – economicamente – de ensinar, os que põem um preço para transmitir o que sabem; a segunda aponta contra os que consideram que ensinar tem a ver com transmitir um saber ou conhecimento a ser aprendido por outros; a terceira aponta contra a privatização ou o relativismo do saber ensinado, já que, para Sócrates, um ensinante deve dizer o mesmo – a verdade – sem importar quem sejam os seus interlocutores.

Poderia parecer curioso que, em um mesmo parágrafo, Sócrates diga que não ensinou conhecimento ou aprendizagem algum e que, se alguém diz que aprendeu dele algo diferente em privado do que perante todos os outros, mente. Isto é, Sócrates afirma que não ensina e que, no entanto, os que dialogam com ele aprendem. Não é tão curioso, na medida em que justamente Sócrates quer deslocar a relação entre quem ensina e quem aprende da lógica, imposta pelos profissionais da educação, da transmissão de saberes. Para esses, se alguém aprende é porque outro lhe ensinou o que aprendeu. Para Sócrates, alguém pode aprender mesmo que seu interlocutor não lhe ensine ou, talvez, justamente, porque seu interlocutor não tem a pretensão de transmitir-lhe saberes que ele deve aprender.

De modo que não é certo, como sugere Kierkegaard, que entre a acusação e a defesa não haja nenhum vínculo. Indiretamente, Sócrates reconhece que os acusadores têm razão, pelo menos na segunda parte da acusação, e ele deve ser declarado culpado de corromper os jovens. A acusação diz que Sócrates corrompe os jovens, e Sócrates não o nega. Ao contrário, afirma que não cobra para ensiná-los, que não transmite nenhum conhecimento e que o que eles aprendem em privado é o mesmo que o que ele diz em público. São todas elas formas corruptoras, subversivas, de afirmar uma relação educacional, na medida em que tanto cobrar por ensinar, transmitir conhecimentos e modificar o conteúdo do ensino segundo os auditórios e contextos estavam, se não bem vistos, pelos menos consentidos na Atenas de seu tempo.

Assim, a resposta de Sócrates dá razão a seus acusadores. Ao menos no que se refere à sua prática educacional, deve ser condenado. Kierkegaard acerta em destacar o caráter irônico da condenação, mas esse caráter não a esgota. Ao contrário, há ali uma tremenda positividade política para a educação. Em um contexto em que o saber é uma possessão estimada porque é um objeto de troca desejado para as instituições da *pólis*, Sócrates o tira de seu lugar. À sua maneira, Sócrates é um mestre ignorante, que "ignora" (com o sentido de "desatende", e não de "desconhece") os dispositivos de transmissão dominantes na relação pedagógica. Abre, através de seu filosofar, novas formas de relação entre quem ensina e quem aprende; possibilita que os que aprendem com ele encontrem novas forças no e para o pensamento.

Sócrates considera que não são os conhecimentos contidos em quem ensina os que devem ser transmitidos a quem aprende; por isso não ensina um conjunto de saberes, mas busca transmitir, em todo caso, certa relação com a ignorância, com o próprio pensamento, com o que merece maior importância. Sócrates não nega que os que conversam com ele aprendam. Ao contrário, reconhece isso e afirma também que eles continuarão fazendo, e mais duramente, o mesmo que Sócrates faz: exigir que "deem razão de sua vida" (*toû didónai élenkhon toû bíou, Apol.*, 39c). Sócrates não transmite um saber, mas uma relação com o saber que se projeta na própria vida e em um modo de pedir contas aos outros sobre sua vida. Múltipla positividade para quem aprende e também para pensar a relação pedagógica que, dessa maneira, desloca seu eixo dos conteúdos de saber para os modos de viver.

Na medida em que a relação que Sócrates exorta os outros a manter é aquela em que ele mesmo já está instalado, em quem ensina já estaria contido o que o outro deve aprender – ainda que já não se trate de um saber de conteúdos, mas de um saber de relação. Em uma passagem já citada do *Teeteto* (150b ss.), Sócrates deixa claro que: a) ele não dá à luz o saber que seus alunos aprendem, e b) ele é sim a pedra de toque que determina se o que os jovens dão à luz é uma imagem e uma mentira ou algo autêntico e verdadeiro. De modo que parece reconhecer ali também que, ao mesmo tempo em que não sabe nada (e não dá à luz nenhum saber), sabe o valor do que os outros sabem ou, em outras palavras, da relação que os outros devem ter com o saber.

Assim, Sócrates põe em questão uma lógica da formação profundamente arraigada. Finalmente, que significa educar? Que relação é necessária, conveniente, desejável, propiciar entre quem ensina e quem aprende? Que relação com o saber é interessante estimular em quem ocupa a posição de aprendiz? E entre os que ocupam a posição de mestres? Que movimentos provoca em quem aprende? Na análise do *Lísis*, vimos um exemplo da positividade desse aparente vazio do desaprender. Contudo, será necessário ainda convocar os adversários de Sócrates.

Os paradoxos de uma ironia infinita

No último capítulo de sua dissertação, Kierkegaard analisa a luta entre Sócrates e os sofistas. Os sofistas são expertos na arte de falar; referem-se sempre a casos particulares, afirmam que as virtudes são muitas e que podem ser ensinadas, têm um sem fim de respostas, são ostentosos, exagerados, caros e interessados pelos assuntos de Estado. Ante eles se levanta a negatividade da ironia, Sócrates. Ante as respostas dos sofistas, ele tem todas as perguntas, não sabe nada em absoluto, sabe calar mais do que falar, não lhe interessa a política, é moderado, gratuito, simples (p. 244-245). Ante a finitude dos saberes dos sofistas, Sócrates opõe a infinitude do seu não saber.

Mas Kierkegaard mostra como a infinitude irônica de Sócrates não se dirige só contra os sofistas, mas contra toda a ordem estabelecida. Aqui, o dinamarquês se aproxima mais que nunca de Hegel. A tarefa socrática se reveste de contornos heroicos. Sócrates é a ironia, a liberdade subjetiva infinita, um herói de validade histórico-universal na medida em que abre as portas para um novo princípio, que ele mesmo leva em potência, na História: a ironia é, então, "a espada, *a lâmina de duplo fio*, que tal como o anjo da morte, Sócrates brandia sobre a Grécia" (p. 245). A ironia de Sócrates estaria, assim, a serviço da história universal como uma ferramenta que permite a transição de um momento histórico a outro, de uma época que já não pode ser mais, o classicismo, a outra época que necessita vir a ser. Sócrates é o nome irônico, a bisagra de uma história que transcende a sua subjetividade. Os ecos hegelianos são inegáveis, ainda que o modo de ler essa história seja diferente.

Essa passagem dá lugar a uma série de tensões. A ironia, diz Kierkegaard, é uma exigência, como a lei (p. 247), e a exigência é enorme, uma vez que despreza a realidade para exigir a idealidade. Desde essa perspectiva, é ao mesmo tempo um fim e um começo. Sócrates é também esse começo, tanto que praticamente todas as escolas filosóficas da Antiguidade reivindicam sua origem em Sócrates. Entretanto, esse início de todos os inícios também mostra, para Kierkegaard, a negatividade de Sócrates: se houvesse alguma forma de positividade, seria-lhe muito mais difícil fincar a sua espada em escolas tão divergentes entre si; o Sócrates de Kierkegaard é, como a ironia, a negatividade absoluta e, enquanto tal, contém a possibilidade de todas as coisas; mais ainda, não só a contém, mas – e nisso parece radicar boa parte da enorme admiração do dinamarquês por Sócrates – "foi uma infinita *incitação e estímulo* para a positividade" (p. 249). Sócrates é a negatividade absoluta que faz possível a positividade de Platão e toda a variedade de diversas positividades do pensamento filosófico que o sucedem, incluindo o próprio Kierkegaard. É um começo, ele mesmo infinito, de infinitos começos.

De modo que o Sócrates de Kierkegaard é um herói curioso e paradoxal. Negatividade absoluta, vive e morre do próprio nada. Uma vez que esvazia todos os outros, encontra-se com esse vazio virado contra ele. Já cumpriu sua missão histórica e filosófica, e não lhe resta nada mais que morrer. Negatividade absoluta, criou as condições de toda positividade por vir.

Dessa maneira, o Sócrates irônico de Kierkegaard oferece elementos importantes para pensar a questão que me ocupa. Seu Sócrates não ensina nada, para que aqueles que conversam com ele possam aprender tudo. Não afirma nada, para que seus discípulos tudo possam afirmar. Não participa da política, para que seus seguidores possam definir a própria relação com a política. Inventa para isso uma filosofia irônica, método e sentido de um pensamento que renuncia a ocupar o lugar do mestre, mas que não renuncia à paixão de propiciar aprenderes.

| Capítulo II

Foucault e o cuidado de Sócrates

Na segunda metade do século XIX e na primeira do século XX, reaviva-se a chamada "questão socrática" e, durante todo o século, multiplicam-se os trabalhos filosóficos e filológicos. Consolidam-se escolas interpretativas da filosofia grega e de Sócrates em particular. Na França, Victor Cousin e Alain fazem de Sócrates um modelo de professor de filosofia para a formação dos cidadãos da República. Nos países anglo-saxões, uma visão certamente idealizada da democracia grega aparece como pano de fundo nos trabalhos sobre Sócrates. Reivindica-se aos sofistas essa visão da democracia, os quais são considerados pensadores racionalistas e liberais, enquanto Sócrates é tido como hostil a esses ideais. Por exemplo, G. Grote (*History of Greece*, 1846-1856, v. 7) considera Sócrates um missionário moral e religioso, de certo modo um antirracionalista, condenado justamente pelos ideais da razão e da liberdade atribuídos à *pólis*. Nessa linha se inspiram, na Alemanha, Th. Gomperz (*Griechische Denker*, 1903), na França, H.-L. Marrou (*Histoire de l'éducation dans l'antiquité*, 1948) e, mais recentemente, J. de Romilly (*Les Grands Sophistes dans l'Athènes de Périclès*, 1988), para fazer sucessivas reivindicações dos ideais dos sofistas.

Ao mesmo tempo, desenvolve-se uma árdua disputa hermenêutica para determinar qual testemunho sobre Sócrates dever-se-ia privilegiar. Numa primeira fase, autores como E. Zeller (*Die Philosophie der Griechen*, 1844) e mesmo

G. Grote (*Plato and other Companions of Socrates,* 1865) dão privilégio a Xenofonte; progressivamente se impõem os trabalhos que dão supremacia ao testemunho platônico, como os da escola escocesa (A. E. Taylor, *Varia socrática,* 1911; J. Burnet, *Greek Philosophy. From Thales to Plato,* 1920), na Alemanha, H. Maier (*Sokrates, sein Werk und seine Geschichtliche* 1913) e na França L. Robin (*Les* Mémorables *de Xénophon et notre connaissance de la philosophie de Socrate,* 1910). Em meados do século, Magalhães-Vilhena apresenta um apanhado bastante completo das diferentes interpretações dos testemunhos (*Le Problème de Socrate, le Socrate historique et le Socrate de Platon,* 1952), o que, no entanto, não se detém aqui. A última parte do século XX oferece cada vez mais refinadas leituras filológicas, como a de G. Vlastos (*The Philosophy of Socrates,* 1971), que faz do Sócrates platônico seu herói filosófico, com ferramentas da filosofia analítica, a qual tende a se tornar hegemônica. Mais recentemente, ganha força um questionamento sobre o lugar central ocupado pelo testemunho de Platão (por exemplo, P. A. Vander Waerdt (Ed.), *The Socratic Movement,* 1994). Por último, vale destacar o enorme trabalho de G. Giannantoni, que deixou sua monumental edição completa dos fragmentos de Sócrates em quatro volumes (*Socratis et socraticorum reliquiae,* 1990).

O último Sócrates no último Foucault

Entre os filósofos, são muitas as leituras apaixonadas de Sócrates, nas mais diversas tradições. Ocupar-me-ei, doravante, da que oferece M. Foucault, que, diferentemente de outros pensadores, não escreve livros sobre filósofos nem se ocupa muito em oferecer interpretações *stricto sensu* dos "grandes nomes" da história da filosofia. Sabe-se que dedica, ocasionalmente, artigos e conferências, por exemplo, a Kant, mas geralmente lhe atraem os nomes menores, que não fazem parte da história "grande" da filosofia. Nesse contexto, é bastante significativo o espaço que dedica a Sócrates, de quem se ocupou detalhadamente em pelo menos cinco aulas inteiras em seus cursos no *Collège de France*, entre 1982 e 1984.[25]

Em *A hermenêutica do sujeito*, curso de 1982, Foucault dedica a Sócrates as duas primeiras aulas de um estudo mais amplo sobre as relações entre sujeito e verdade, valendo-se da noção de "cuidado de si mesmo", conceito menor e descuidado na história da filosofia, como Foucault ironicamente sugere. Seu estudo retoma um amplo período da história dessas práticas, desde sua pré-história filosófica entre os órficos e pitagóricos até o século V d.C. Foucault distingue, nessa retomada, três períodos: o momento socrático-platônico, no século V a.C.; a idade de ouro do cuidado de si, os séculos I e II d.C.; e a passagem do ascetismo pagão ao ascetismo cristão, nos séculos IV e V d.C.

Foucault considera que as razões do "esquecimento" da riquíssima tradição de práticas de cuidado de si e seu eclipse pela noção de conhecimento de si relacionam-se com os acontecimentos da história da verdade e o que ele denomina o "momento cartesiano", um longo processo histórico que desloca o foco da existência da vida para o conhecimento (FOUCAULT, 2001, p. 15).

Esse "momento cartesiano", que não deve centrar-se na figura de Descartes mais do que como um ícone de uma longa e complexa tradição, faz um jogo duplo: a) valoriza o conhecimento de si, tomando como ponto de partida do itinerário filosófico a evidência, a qual somente pode se dar desde o próprio sujeito que conhece, compreendido como alma, *res cogitans*; b) desvaloriza o cuidado de si, indicando que não há nem pode haver outro acesso à verdade que o conhecimento emanado da *res cogitans*.

---

[25] As duas aulas de 1982 (6 e 13 de janeiro) sobre Sócrates compõem o curso *L'Herméneutique du sujet* (Paris: Gallimard, 2001); para as três aulas de 1984 (15, 22 e 29 de fevereiro) do curso *Le courage de la vérité*, consultamos uma transcrição. Ele foi publicado posteriormente (Paris: Gallimard, 2009).

Com o "momento cartesiano", duas coisas que estavam juntas, o cuidado e o conhecimento – a vida e a verdade, a espiritualidade e a filosofia – separam-se. A filosofia, "forma de pensamento que se interroga, certamente, não sobre o que é verdadeiro e o que é falso, mas sobre o que faz que exista e que possa existir o verdadeiro e o falso [...]" (FOUCAULT, 2001, p. 16), fica do lado do conhecimento e, concomitantemente, fora da vida. A espiritualidade, "investigação, prática, experiência, pelas quais o sujeito opera as transformações necessárias para ter acesso à verdade" (p. 16), fica do lado da vida e, desse modo, fora do conhecimento. Isto é, com base no "momento cartesiano", para conhecer já não se precisa de nenhum tipo de transformação do sujeito, nenhuma forma de experiência ou exercício vital, já não é necessário que o sujeito ponha em jogo seu ser mesmo como sujeito. A verdade está dada a partir de certas condições internas (regras formais de método, condições objetivas, estrutura do objeto a conhecer) e extrínsecas ("é necessário não estar louco para conhecer", condições culturais, morais, consenso científico) ao ato de conhecimento, dadas de antemão para qualquer sujeito (p. 18-19).

Na espiritualidade, as coisas são diferentes. Sempre é necessário um movimento do sujeito (movimento ascendente, como no caso de *éros*; trabalho de elaboração, como é a *áskesis*) para que ele seja capaz de chegar à verdade. Como se entende na espiritualidade o cuidado de si? Foucault (p. 12) destaca três características principais:

- Em primeiro lugar, o cuidado de si comporta uma atitude geral, certa maneira de considerar as coisas, de estar no mundo, de preocupar-se com os atos, de ter certas relações com os outros. Uma atitude frente a si, aos outros e ao mundo, isso é o cuidado de si;
- Em segundo lugar, o cuidado é uma forma de atenção, de olhar. Cuidar de si é deslocar o objeto do próprio olhar do exterior para si mesmo. Implica uma atenção especial ao que se pensa e ao que se dá no próprio pensamento;

- Em terceiro lugar, o cuidado designa um conjunto de ações e práticas de si sobre si. Há uma ampla gama de ações, exercícios, técnicas, pelas quais o "si" se modifica, transforma-se, transfigura-se.

Cuidado de si e conhecimento da alma (*Alcibíades I*)

Sócrates – de quem Foucault privilegia o testemunho platônico, sem dar muitas explicações – é, por sua vez, o homem da espiritualidade que funda a filosofia, isto é, um habitante de dois mundos. Os *diálogos* que mais interessam a Foucault são a trilogia *Apologia de Sócrates, Críton* e *Fédon*, em torno da morte de Sócrates, e outros dois *diálogos* escritos no período da juventude, *Alcibíades I* e *Laques*, que exemplificam o que Foucault denomina a *parresía*, o "dizer verdadeiro" socrático.[26] Esses dois *diálogos* expressam duas possibilidades de entender o cuidado de si e, ao mesmo tempo, abrem dois caminhos que se opõem na historiografia filosófica.

O *Alcibíades I*, de Platão, foi considerado durante muito tempo na Antiguidade – por filósofos como Albino, Jâmblico, Proclo e Olimpiodoro – uma excelente introdução à filosofia de Platão. Desde Schleiermacher, duvida-se da autenticidade desse diálogo, ainda que em geral não se questione seu caráter platônico. Diversos autores de conversações socráticas escreveram *diálogos* tendo como título o nome do jovem aristocrata amante de Sócrates.[27]

O argumento e o cenário do diálogo são singelos. É um diálogo direto, dramático segundo a classificação de Diógenes Laércio. Não há de fato referências muito concretas sobre o contexto da conversa entre Alcibíades e Sócrates.

---

[26] As aulas do curso de 1982 sobre *L'Herméneutique du sujet* dedicaram-se ao *Alcibíades I*, e as aulas de 1984, aos *diálogos* que tratam sobre a morte de Sócrates (*Apologia, Críton e Fédon*) e o *Laques*.

[27] Pelo menos Antístenes, Esquino e Fédon escreveram um *Alcibíades*. Sobre as relações entre esses *diálogos* e o de Platão, veja-se G. Giannantoni, *L'Alcibiade d'Eschine et la littérature socratique sur Alcibiade*. In: G. Romeyer Dherbey (Dir.); J.-B. Gourinat (Ed.), *Socrate et les socratiques*. Paris: Vrin, 2001. p. 289-307.

Inicialmente Sócrates afirma que, se durante tantos anos ele não se aproximou de Alcibíades, enquanto todos os outros o assediavam, foi porque o impedia "algo demoníaco", um *daímon* (*ti daimónion*) (*Alcibíades I*, 103a), mas agora já não acredita mais que o fará no futuro. Alcibíades recém saiu da adolescência, é órfão de mãe e pai, tutelado por Péricles, educado por um velho e ignorante escravo da Trácia, abandonado por seus amantes porque já passou seu "ponto maduro". Alcibíades possui uma grande autoestima: considera-se o mais belo e superior a todos os outros. Tem ambições para entrar logo na vida política e seguir os passos de Péricles (105a-b). Sócrates quer, então, estabelecer com ele uma relação diferente da que Alcibíades teve com todos os seus amantes anteriores: quer mostrar-se não só como superior a ele, mas como o único capaz de dar-lhe a potência, a *dýnamis* (105e) que Alcibíades deseja.

Contudo, o tom e a posição que Sócrates ocupa no diálogo são chamativas, muito diferentes da maioria dos *diálogos* da juventude. Sócrates decididamente diz que ele falará e repete duas vezes que Alcibíades escutará com atenção (104d-e; 106a). Sócrates está tão estranho que Alcibíades precisa dizer-lhe, ao compará-lo a quando o seguia em silêncio: "Estás mais insólito (*atopóteros*) agora" (106a). O próprio Sócrates sustenta, a respeito dele mesmo, que caberia esperar dele um longo discurso (106b): "Esse não é o meu modo" e, entretanto, monopoliza o diálogo.

O caso é que Sócrates fala de modo resoluto na primeira parte do *diálogo*, para mostrar a Alcibíades que as suas pretensões são completamente inadequadas. Para ver se está apto a governar, deve comparar-se com seus rivais dentro e fora de Atenas. E a comparação com os espartanos e os persas é decisiva: enquanto, como é costume em Atenas, sua educação foi completamente descuidada e deixada nas mãos de um escravo, os reis persas educam seus filhos com quatro professores, um para cada uma das grandes virtudes: coragem, prudência, justiça e sabedoria; já os espartanos oferecem uma educação que cuida da alma e do corpo. Ademais, as riquezas de Alcibíades são também comparativamente menores, e, para piorar, ele carece de um saber, uma arte, *tekhnê*, que possa ao menos compensar em parte essas deficiências.

Além disso, em seu diálogo com Sócrates, Alcibíades também demonstra ter poucos recursos argumentativos: aspirante ao governo dos atenienses, não é capaz de definir o que significa governar bem e admite que até então possivelmente viveu em um estado de "vergonhoso esquecimento de si" (127d). De qualquer modo, Sócrates lhe dá esperanças, uma vez que está numa idade em que ainda há tempo para cuidar de si (127e). Se tivesse cinquenta anos, aí seria muito difícil cuidar de si mesmo (127e).

Uma vez determinado que Alcibíades precisa cuidar de si mesmo, afirma-se a conveniência de compreender o significado e o objeto desse cuidado e como efetivá-lo. Em primeiro lugar, o que é esse "si mesmo" (129b)? O *diálogo* oferece três possibilidades: o corpo, a alma e o conjunto de ambos. A resposta do *Alcibíades I* é clara e precisa: cuidar de si significa cuidar da própria alma, é necessário que o cuidado recaia sobre a alma (132c) enquanto quem conhece o próprio corpo só conhece "o governado" (130b), "as coisas de si mesmo", mas não "a si mesmo" (131a). Assim, quem pretende governar os outros, o político, antes deve mostrar-se capaz de governar a si mesmo, o que supõe conhecer, ocupar-se e cuidar da própria alma, que é o que em si mesmo governa.[28]

Com relação ao significado de "cuidar", Sócrates remete ao oráculo délfico: cuidar de si significa conhecer-se. Pois bem, como é que alguém se conhece a si mesmo? Como se

---

[28] Nessa passagem, Foucault chama a atenção para o verbo *khráomai* (servir-se de, valer-se de), sobre o que recai a argumentação platônica no Alcibíades, entre 129c e 130a, mas não se refere ao verbo *árkhomai* (mandar, governar), que sintetiza a relação entre corpo e alma (em 130a-c), e é sobretudo um verbo que expressa poder.

conhece a própria alma? Sócrates afirma que talvez o único exemplo de algo que se conhece a si mesmo seja o do olhar, quando uma pupila se espelha em outra pupila e se vê a si mesma. Um olho só se vê a si mesmo em outro olho, de onde surge sua *areté* (virtude, excelência), na própria visão. Do mesmo modo, uma alma deve conhecer-se a si mesma, no que fundamenta sua excelência: a sabedoria, o conhecer, o pensar de outra alma que espelhe o que há nela de melhor (132d-133c). Em suma, destacamos três aspectos do "conhece-te a ti mesmo". Primeiro, é uma forma de cuidado de si. Segundo, há um "si mesmo" por conhecer e alimentar. Terceiro, há uma lógica da *areté* (ou das *aretaí*) que indica os modos do cuidar e do conhecer.

Em *L'Herméneutique du sujet*, Foucault destaca quatro características específicas desse tratamento do cuidado de si no *Alcibíades I* (FOUCAULT, 2001, p. 37-39): a) cuidar de si é uma condição para cuidar dos outros. O cuidado fundamenta-se numa necessidade de projeção política do sujeito; b) cuidar de si cumpre um papel compensador em função de uma educação deficiente; a postura de Sócrates supõe uma crítica tanto à educação técnica, tradicional, ateniense, quanto à educação erótica em que os amantes, adultos, maduros, só buscam a beleza do corpo dos adolescentes e o abandonam quando está em condições de entrar na vida política, sem se preocuparem em cuidar de si mesmos; c) há uma idade propícia para se iniciar no cuidado, justamente quando se afasta do pedagogo e se sofre o abandono do amante; e, consequentemente, há também uma idade que não é propícia para essa iniciação; d) o cuidado de si se justifica também pela ignorância do objeto desejado. O fato de que Alcibíades, aspirante a governar os outros, ignore o significado de governar bem é um indicador de que deve cuidar de si mesmo, o que não tem feito até então.

Foucault aponta o caráter paradoxal dessa relação do sujeito consigo mesmo: de certo modo, ao tornar-se objeto do próprio cuidado, a alma torna-se exterior a si mesma, ela cuida e é cuidada ao mesmo tempo. Na medida em que a técnica que permite cuidar de si está dada pela inscrição délfica (o *gnôthi seautón*, "conhece-te a ti mesmo", ao menos nesse *diálogo*), o conhecer-se a si mesmo se justifica e adquire sentido no âmbito do cuidado de si.

Esse é, para Foucault, um momento fundante, a partir do qual as práticas espirituais, esse sofisticado e complexo conjunto de técnicas, exercícios e atividades do sujeito consigo mesmo, passam a se organizar sob a perspectiva do conhecimento de si. O próprio Platão, em seus *diálogos* da maturidade e da velhice, desenvolve e consolida essa perspectiva que ele mesmo inaugura no *Alcibíades I*. E essa linha vai desembocar no "momento cartesiano", já antecipado.

Cuidado de si e modo de vida (*Laques*)

Contudo, as coisas nunca são tão simples e no próprio Platão há outras maneiras de responder a essas perguntas. Foucault analisa-as em seu último curso de 1984, intitulado *Le courage de la vérité*. Entre os *diálogos* da juventude de Platão, há certa semelhança inicial entre o *Alcibíades I* e o *Laques*. Com efeito, os dois se originam em certa relação entre educação e negligência. O propósito do *Laques* diz tudo. Lisímaco e Melésias receberam, assim como Alcibíades, uma educação negligente. Seus pais, Aristides e Tucídides, foram eminentes homens públicos, da política externa e interna de Atenas, da guerra e da paz, mas se despreocuparam completamente do cuidado de seus filhos. Ao contrário, Lisímaco e Melesias, fruto dessa educação, não têm uma vida de que possam se orgulhar e não querem repetir, com seus filhos, que levam seus mesmos nomes, o que seus pais fizeram com eles. Por isso consultam dois notáveis cidadãos, Laques e Nícias, sobre os saberes que é preciso ensinar aos jovens.

No entanto, também há diferenças significativas entre as estruturas dramáticas do *Laques* e do *Alcibíades I*: no primeiro, o diálogo não é tão íntimo nem tão direto com o interessado, mas há mais interlocutores, de idade diferente, em geral pessoas de alto reconhecimento social; Sócrates não busca o diálogo, mas é procurado; não fala de maneira tão segura sobre si. De fato, Sócrates só intervém depois que Nícias e Laques não chegam a um acordo sobre a resposta que merecem Lisímaco e Melésias.[29]

Foucault mostra como Sócrates, ao intervir, primeiro muda a lógica da discussão. Lisímaco e Melésias haviam perguntado a Nícias e a Laques sobre a conveniência de educar seus filhos nas armas com um professor a cuja atuação tenham assistido. Nícias, que responde afirmativamente, e Laques, que responde negativamente, não chegam a um acordo, e, então, Lisímaco chama Sócrates para esclarecer a questão. Mas Sócrates não toma partido de nenhuma das duas posições e diz que a questão não é de quem ou quantos estão a favor de uma posição ou outra, mas que se trata de uma questão própria de uma arte (*tekhnê*). Como no *Críton* e tantos outros *diálogos*, Sócrates afirma que nas artes não interessa o que pensa a maioria, senão a competência de quem atua nesse âmbito com um saber (*epistéme*) específico (*Laques*, 184d-e).

Sócrates afirma: "É preciso procurar um artista no cuidado da alma" (*Laques*, 185e). Contudo, como se mede a competência de alguém no campo da *tekhnê*? Nesse caso, como se saberá se um professor é apto ou não para educar? Sócrates apresenta dois critérios: pelos bons mestres que teve ou pelas obras que foi capaz de realizar, isto é, as almas excelentes que conseguiu gerar (*Laques*, 185e-186b).

Sócrates declara a si mesmo desprovido dessa arte na medida em que não teve nenhum professor nem recursos

---

[29] Laques e Nícias são figuras de renome, estrategistas na guerra e políticos na paz; ambos morrem em contexto militar: Laques na batalha de Mantineia, em 418 a.C., e Nícias na trágica expedição à Sicília, à qual ele mesmo se opôs; o desastre para os atenienses foi, segundo Tucídides (*Histórias*, VI-VII), fruto de sua indecisão. Nícias acabou executado pelos siracusanos em 413 a.C. Contudo, é um dos grandes personagens do cenário político ateniense depois da morte de Péricles, no começo da Guerra do Peloponeso.

para pagar um sofista. E, mesmo que o tema o apaixone desde pequeno, ainda não descobriu nem elaborou qualquer saber sobre isso. Por isso pede aos peritos Nícias e Laques que retomem a palavra e mostrem suas credenciais na arte de educar.

Nícias aceita o desafio, sabendo do que se trata: "Dar razão sobre si mesmo, sobre como é seu modo de viver atual e por que tem vivido a vida que vive" (*Laques*, 188a; *Laques*, 187e-188a). Nícias sabe que, diante de Sócrates, deverá justificar, dar razão sobre a própria vida, tanto a passada quanto a presente. Nícias lembra também de um ditado de Sólon sobre o valor de aprender enquanto se está vivo. Mas o mais interessante vem quando conclui sua intervenção:

> Pois estar submetido à pedra de toque de Sócrates não é nada incomum e nem sequer desagradável para mim, mas há muito tempo sei de algo: quando Sócrates está presente, nosso discurso não poderia ser sobre os jovens e sim sobre nós mesmos (*Laques*, 188b-c).

Nícias diz o que Sócrates quer ouvir. Por um lado, manifesta sua familiaridade com o modo de proceder socrático; por outro, faz sentir que, diferentemente de outros interlocutores como Trasímaco, Eutífron ou Cálicles, lhe agrada esse modo de proceder e aprende com ele. Seu tom não parece irônico. Contudo, para além da satisfação ou insatisfação pessoal de alguém em conversar com Sócrates, sua intervenção é especialmente significativa pelo valor e pelo sentido que dá à presença de Sócrates: o de uma pedra de toque; alguém que põe à prova. Como ele mesmo se apresenta na *Apologia*, o que Sócrates põe à prova nessa passagem do *Laques* é um modo de vida, a forma que alguém dá à própria vida. Isso é o que sempre estará em jogo com Sócrates, sugere Nícias: nós mesmos e a maneira como vivemos.

Laques aceita conversar com Sócrates mesmo sem ter tido qualquer experiência com ele até esse momento. Então Sócrates toma a palavra, e, como Nícias havia antecipado, sabemos o que acontece: seus interlocutores não podem responder às suas perguntas. Primeiro Laques, numa longa interlocução que segue até 194c, não consegue determinar o que é a coragem, até que Nícias vem em sua ajuda. Um aspecto interessante dessa seção do diálogo é a maneira como Laques ajuda Sócrates, a partir de seu fracasso, a ver os pontos fracos das respostas de Nícias. Nícias diz que é porque Laques quer que lhe ocorra o mesmo que a ele anteriormente – não dizer nada lúcido. O caso é que, como destaca Foucault (1984, p. 41-45), a *parresía* socrática funciona efetivamente. Nícias censura Laques por ter tido uma ação tipicamente humana ao dirigir seu olhar aos outros, e não a si mesmo (*Laques*, 200a). Ao final, tampouco Nícias encontrou a coragem, e os dois concordam em recomendar a Lisímaco e a Melésias que deixem seus filhos sob o cuidado de Sócrates (200 c-d).

No entanto, Sócrates não aceita o convite. Ademais, ele tampouco se demonstrou mais sábio que Laques ou Nícias. Melhor será que todos se proponham a buscar o melhor professor possível para si mesmos e para os filhos de Lisímaco e de Melésias. Contudo, o diálogo termina quando Sócrates aceita ir no dia seguinte à casa de Lisímaco para tratar desses mesmos assuntos.

Finalmente, Foucault (1984, p. 47-49) tira três conclusões do *Laques*: 1) os dois interlocutores mais fortes de Sócrates, Laques e Nícias, eliminam-se e se esquivam entre eles mesmos; 2) Laques e Nícias concordam em recomendar a Lisímaco que confie seus filhos a Sócrates para que este cuide deles em razão da harmonia que ele mostra entre seu dizer e seu fazer, entre sua palavra e sua prática, como reconhece Laques (*Laques*, 189a-b). Sócrates aceita sem aceitar; aceita ir no dia seguinte e ao mesmo tempo diz que ele não se mostrou mais capaz que Laques e Nícias em ocupar esse lugar, uma vez que não respondeu melhor que eles às questões apresentadas; mas no transcurso do diálogo reinstituiu a maestria da arte de ensinar no cuidado e se mostrou o verdadeiro mestre do cuidar, não porque deu razão à sua arte, como seria o saber artístico, *tékhnikos*; tampouco porque impôs a força de um saber político (como Lisímaco lhe solicitou), mas porque impôs por meio do diálogo o saber de seu dizer verdadeiro, sua *parresía* do cuidar que os outros cuidem de si mesmos; conseguiu que seus interlocutores, assim como Nícias reconheceu, voltem o olhar para si mesmos; 3) por trás dos professores com os quais, ironicamente, Sócrates propõe não poupar gastos, está o *lógos*, o próprio discurso que dará acesso à verdade.

Foucault mostra algumas semelhanças e diferenças importantes entre o *Alcibíades I* e o *Laques*. Primeiro, seu fundo comum: em ambos os *diálogos*, há uma inquietude e uma situação compartilhada. É preciso ocupar-se de jovens que passam por uma educação deficitária, e, em ambos os *diálogos*, Sócrates conquista, de certo modo, o que se propõe: consegue que seus interlocutores reconheçam que devem cuidar de si mesmos. Reconhecem mutuamente a necessidade de serem capazes de dar razão sobre si mesmos, de dar atenção a si mesmos, de se preocuparem consigo; nos dois casos, Sócrates acaba mostrando-se capaz de fazer com que os outros aprendam a necessidade de se cuidarem e, como tal, afirma-se, implicitamente, como o verdadeiro professor. Contudo, muda significativamente o modo de entender esse "si mesmo". Em *Alcibíades I*, é a alma; no *Laques*, é a vida, o modo de viver. O primeiro dará lugar a um desenvolvimento, no próprio Platão, de um si mesmo como realidade ontologicamente separada do corpo: a alma. O segundo dará lugar ao desenvolvimento de um discurso verdadeiro para poder dar certa forma e certo estilo à existência (FOUCAULT, 1984, p. 52). Se o primeiro dá lugar a uma metafísica, o segundo abre as portas a uma estilística da existência.

Com isso, uma das teses principais de Foucault (p. 48) é que Sócrates refuta o lugar do professor para, na verdade, recriá-lo. O que Sócrates refuta de fato é ocupar o lugar de professor de uma arte (*tékhne*), qualquer que ela seja, e junto dessa refutação estabelece um novo lugar de mestria, o de guiar a todos os outros pelo caminho do *lógos* para que cuidem de si mesmos e, eventualmente, dos outros. Por isso Sócrates aceita, ao final do *Laques*, "se a divindade assim quer", ir à casa de Lisímaco no dia seguinte: não para ser seu professor no sentido técnico, mas para levar adiante a missão que realizou no diálogo e continuará cumprindo sempre, aquela que na *Apologia* diz ter recebido da divindade: cuidar que os outros cuidem de si.

Saber, ignorância e cuidado (*Apologia de Sócrates*)

Foucault (1984, p. 24) considera que a trilogia em torno da morte de Sócrates está entrelaçada pelo tema do cuidado. Detém-se mais na *Apologia*, texto no qual essa noção aparece de forma mais extensa e detalhada. No *Críton*, sustenta que o cuidado aparece a propósito dos filhos de Sócrates, e o fator de onde emana o cuidado são as leis da *pólis* na famosa prosopopeia em que Sócrates as enfrenta no momento crucial de rechaçar a proposta de fuga de Críton.

No *Fédon*, Foucault se interessa pelas enigmáticas e últimas palavras de Sócrates: "Críton, devemos um galo a Asclépio. Vamos, paguem a dívida, e não sejam negligentes" (*Fédon*, 118a). O sacrifício a Asclépio é o gesto tradicional dos gregos antigos para agradecer à divindade pela cura de uma doença; para Foucault, essa doença não é a vida como se tem interpretado tradicionalmente, ao menos desde Olimpiodoro, inclusive por Nietzsche, e se aproxima da interpretação de Dumezil em *Moyne Noir*: é a doença das opiniões nocivas que Críton expõe no diálogo de mesmo nome e que Sócrates consegue refutar com ajuda divina.

Na *Apologia*, Foucault retrata um Sócrates que prefere morrer a renunciar ao dizer verdadeiro (p. 1) e que, ao mesmo tempo, funda uma nova maneira de dizer a verdade que é a maneira da filosofia. Vejamos com um pouco de detalhe como Sócrates responde às acusações. Primeiro, ele mesmo justifica a origem das acusações. Sócrates reporta-se à conhecida frase do oráculo (*Apologia*, 20e ss.): seu amigo Querefonte foi perguntar se havia um homem mais sábio que

Sócrates e recebe uma resposta negativa da pitonisa. Como entende Sócrates esse enigma? Por um lado, à divindade não é lícito mentir; por outro, Sócrates não se considera sábio. De modo que, durante muito tempo, não sabe o que quer dizer o oráculo, até que decide, não sem dificuldade, empreender uma busca (*Apologia*, 21b) para dar sentido ao enigma.

O modo com que Sócrates apresenta a sentença do oráculo ante seus juízes mostra-se interessante para nosso problema. Literalmente, diz: "Vou ensinar a vocês de onde surgiu a acusação contra mim" (*Apologia*, 21b). É uma das raras ocasiões em que Sócrates reconhece ensinar algo, e o que ensina é o que, ao fim, será a origem de sua morte. Sócrates sabe o princípio de seu fim, e é um princípio que, indiretamente, remete a ele mesmo. Sócrates sabe, ao fim, que ele mesmo foi quem iniciou o processo que acabará em sua morte. Sócrates sabe dos riscos de instaurar outra política na educação do pensamento. Sócrates sabe, mesmo na *Apologia,* muito mais do que diz saber.

A busca de Sócrates encontra distintos interlocutores. Primeiro, os políticos (*Apologia*, 21b-e), logo os poetas (*Apologia*, 21e-22c) e finalmente os trabalhadores manuais (*Apologia*, 22c-e). Começa por um dos homens que mais tem fama de sábio, para "de certo modo, refutar o oráculo" (*eléxenton tò mantîon, Apologia*, 21c). Trata-se de um político que parece sábio para os outros e sobretudo para si mesmo, mas não o é, segundo conclui Sócrates depois de dialogar com ele. E afirma que, ao tentar demonstrar-lhe que não o é, desperta seu ódio e o dos presentes. Por isso, diz Sócrates:

> É provável que nenhum de nós saiba algo de valor, mas este crê saber e não sabe; eu, ao contrário, efetivamente, não sei, tampouco creio [saber]. Parece, pois, que sou mais sábio que este nesta mesma pequenez: que o que não sei tampouco creio saber (*Apologia*, 21d).

O que diferencia Sócrates dos outros homens é uma negatividade: não crê saber. Prossegue interrogando mais políticos, e o resultado é sempre o mesmo. Quanto mais reputados, menos dotados, ao passo que os menos favorecidos estão mais próximos da sensatez. Depois chega a vez dos poetas, que não podem dar conta das próprias obras. Suas obras não se devem a seu saber, mas a dotes naturais e inspiração. Dizem muitas coisas bonitas, porém sem saber por que as dizem. Como poetas, creem ser os mais sábios de todos, mas não são, pelo que Sócrates crê ser mais sábio que eles. Finalmente, é a vez dos trabalhadores manuais. Foucault destaca como, à medida que Sócrates vai descendo na escala social, os saberes que encontra se mostram mais sólidos. Diferentemente dos anteriores, os trabalhadores manuais sabem algo que Sócrates não sabe. Mas seu problema é que querem aplicar esse saber às coisas mais importantes e então malogram, não reconhecendo seus limites. Assim, Sócrates também considera preferível sua relação com o saber e a ignorância do que a dos trabalhadores manuais.

Ao fim, Sócrates introduz, para Foucault, um novo modo de dizer a verdade. Com efeito, ele não diz a verdade do político, de Solón, por exemplo, que vai à assembleia para dizer a verdade publicamente. Sócrates, por sua vez, diz que esse âmbito seria por demais perigoso e por isso não fez a política dos políticos. Sócrates dá dois exemplos para ilustrar a oposição desse "algo demoníaco" para atuar na política, que ele aceita e avalia positivamente, porque do contrário "estaria morto muito antes" (*Apologia*, 31d).

Por certo, como assinala Foucault, os dois exemplos são ambíguos, já que se trata de duas situações em que Sócrates enfrentou publicamente a política instituída: afrontou um regime democrático (quando, membro do Conselho, foi o único a se opor a tomar a ação ilegal de julgar em bloco e não individualmente os dez estrategistas vencedores em Arginusas, *Apologia*, 32b), mas também um oligárquico (quando se negou a cumprir a ordem dos Trinta Tiranos de buscar Leão de Salamina. *Apologia*, 32c-d). São ambíguos porque justamente Sócrates saiu ileso de ambas as situações e, no entanto, cita-as para ilustrar e justificar sua não participação política pelo risco de morte. Isto é, diz que não participou na política porque teria sido morto antes e dá dois exemplos em que participou sem deixar por isso a vida. Talvez sejam exemplos que mostrem um risco e uma proximidade da morte que uma militância mais constante não teria podido evitar. Em todo caso, Sócrates os apresenta como apoio a uma proibição demoníaca, semidivina, que aceitou de bom grado.

O caso é que a investigação empreendida por Sócrates não pode refutar o oráculo, senão confirmá-lo: ele é efetivamente o ateniense mais sábio porque é o único que sabe da própria ignorância. Sócrates, então, oferece sua interpretação do oráculo. Ao dizer que ele é o mais sábio, distingue-o como um exemplo, modelo ou paradigma (*parádeigma*) de que, entre os seres humanos, o mais sábio é aquele que, como Sócrates, reconhece que ninguém é valioso, verdadeiramente, quanto ao saber (*Apologia*, 23b).

Então, Sócrates aceita os riscos e empreende o que interpreta como uma missão, que compara, segundo veremos, a um posto de luta (*táxin*, *Apologia*, 29a) de um soldado no campo de batalha: se não abandonou sua missão diante do perigo de morte na guerra, tampouco o faria na missão de submeter a exame a si mesmo e a todos os outros, incitando-os a se ocuparem de si mesmos, de seu pensamento, verdade e alma (*Apologia*, 29e). Dedica-se a mostrar a todo aquele que pareça ser sábio que não o é. Foucault diz: cuida que os outros cuidem de si, e não do que os rodeia. Por isso, não teve tempo livre para fazer nada digno nem na *pólis* nem na sua casa e vive em extrema pobreza (*Apologia*, 23b-c).

Aqui aparece uma nova tensão, na medida em que Sócrates não explica por que aceita o risco de morte da filosofia e não o da política. De todo modo, os ecos educacionais de sua tarefa filosófica são notórios: alguns jovens – os que têm mais tempo livre, os mais ricos – se dedicam a imitá-lo por vontade própria e examinam também a outros. Esses jovens encontram muitos homens que creem saber algo, mas sabem pouco ou nada. Os examinados se irritam com

Sócrates, e não com eles mesmos, e daí nascem as calúnias de que corromperia os jovens. Essas razões dão conta, para Sócrates, da origem das acusações que circulam sobre ele. São os boatos dos ressentidos, as vozes dos que não aceitam terem sido desnudados em sua ignorância.

O problema, segundo Sócrates, não estaria em ser ignorante. De fato, todos os seres humanos o somos. A questão principal passa pela relação que temos com a ignorância. Alguns a negam, ignoram-na. Esse é o principal defeito, parece querer dizer Sócrates, de um ser humano: ignorar sua ignorância. Tudo se pode ignorar, menos a própria ignorância. Sócrates é o único em Atenas que sabe de sua ignorância, que ignora todas as outras coisas, menos a própria ignorância. O problema principal dos que ignoram a ignorância é que se imiscuem numa relação disfarçada com o saber e com base nessa relação se fecham à possibilidade de saber o que de fato ignoram. Encerram toda busca.

A legitimidade religiosa que Platão dá ao saber de Sócrates na *Apologia* tem várias razões. A primeira e mais evidente está no contexto de seu juízo. Como resume Foucault, Sócrates recebe duas acusações, uma de caráter religioso e outra de caráter ético, político, educacional. Aquela tem várias leituras: ser ateu, não crer nos deuses da cidade, introduzir novos deuses. Em todos os casos, o respaldo de sua vida num ditame do deus Apolo é uma resposta fenomenal. Perante aqueles que questionam suas crenças religiosas, Sócrates põe o deus supremo da religiosidade grega como respaldo de seu modo de vida. Uma segunda razão vincula-se ao próprio mito da ignorância. Se dele se depreende que nenhum ser humano sabe nada realmente valioso, então é necessária uma instância sobre-humana na qual se possa depositar o saber e respaldar o valor da ignorância socrática. Interpretando o oráculo como faz, Sócrates não estaria senão agindo como intermediário entre homens e deuses.

Certamente, o mito socrático tem problemas. Deixemos de lado a questão quanto ao fato de se tratar ou não de uma situação real ou uma invenção platônica. Contudo, como é possível que Sócrates – um ser humano, enfim – esteja tão seguro de uma interpretação da sentença do oráculo que justamente mostra o pouco valor de qualquer saber positivo por parte de um ser humano? Em outras palavras, como pode Sócrates saber que seu saber não tem nenhum valor? Se de verdade Sócrates nada sabe, se seu saber fosse pura negatividade, não poderia saber nenhuma verdade, como a que sustenta sua busca. Admitamos que poderia saber um só saber: o da sua ignorância, mas ainda assim, como chegar a saber que esse saber é o saber mais valioso para um ser humano?

O mito da ignorância é também o mito da filosofia, enquanto Sócrates assimila seu modo de vida ao de "todos os que filosofam" (*pánton tôn philosophoúnton*, *Apologia*, 23d). A expressão "todos" é interessante porque revela que Sócrates está longe de se considerar o único a fazer o que faz. E seu legado para a filosofia não é menor. Ele a faz nascer de um saber divino e, ao mesmo tempo, não lhe dá o solo firme de um saber de certeza, senão que, sobretudo, a associa a uma relação com o saber, ou melhor, com o contrário do saber, a ignorância. Viver filosofando significa, para Sócrates, dar certo lugar de destaque à ignorância, no pensamento e na vida, ter uma relação de potência, afirmativa, gerativa, com a ignorância.

Assim, a filosofia, na *Apologia*, através de Sócrates, define para si um lugar e uma relação com a política. De fato, residem aqui as primeiras aparições de vocábulos ligados à filosofia com um sentido técnico na língua grega, ausente nos testemunhos conservados anteriores ao século IV a.C.[30] Na *Apologia*, há quatro aparições de formas verbais ligadas a *filosofar* (*philosopheîn*). Vamos analisá-las.

---

[30] Segundo aponta Gionnantoni ("Les perspectives de la recherche sur Socrate". In: DHERBEY, G. Romeyer; GOURINAT, J.-B. (Ed.). *Socrate et les socratiques*, 2000, p. 14-15), a tradição que atribui a invenção desse termo a Pitágoras não é confiável, e o termo aparece com um significado diferente em um fragmento de Heráclito (DK 22 B 50), em Heródoto, que chama Pitágoras de sofista, mas Sólon de filósofo (*Histórias* I, 30) e em um célebre epitáfio em honra aos mortos na Guerra do Peloponeso, que Tucídides (II, 40, 1) atribui a Péricles.

A primeira é a já mencionada, o particípio plural que indica "os que filosofam" (*tôn philosophoúnton*). Na *Apologia* 28e, torna a aparecer uma forma do particípio, nesse caso singular, e também relacionada ao mandato divino. Sócrates está analisando se não poderia ser vergonhoso dedicar-se a algo que o levaria à morte. Responde que, quanto às ações humanas, o que interessa é se são ou não justas, e não os riscos que implicam. Cita exemplos homéricos que respaldam essa afirmação e defende que um homem deve manter-se no posto que considera melhor ou no que foi mandado por um superior sem medir seus riscos. Se assim o fez ao submeter-se às ordens dos chefes militares escolhidos por aqueles que são seus juízes nas batalhas de Potidea, Anfípolis e Delion, conclui que seria muito injusto se abandonasse seu posto (*táxin*, *Apologia*, 29a) por temor à morte, agora perante o mandato divino de que "é necessário viver filosofando, isto é, me examinando a mim mesmo e aos outros" (*Apologia*, 28e).

Então, o filosofar aparece como um mandato que dita uma maneira de viver. O filosofar socrático não se apresenta com uma origem humana, nem sequer como um desejo do próprio Sócrates. Ele o diz explicitamente: tem uma relação involuntária (*ákon*, *Apologia*, 26a) com sua arte. Trata-se de um estilo de vida que não aceita condições, que vale em si mesmo como um princípio com base no qual se abrem certos sentidos, mas que não pode ser negociado, regateado, restringido, sequer dominado pela própria vontade. Nesse modo de vida, filosofar consiste em examinar, submeter a exame, a si mesmo e aos outros.

As outras duas aparições estão numa mesma passagem da *Apologia*, uma do infinitivo (*philosopheîn*), em 29c, e outra do particípio (*philosophôn*), em 29d. Aí Sócrates joga com seus acusadores. Diz que se lhe propusessem absolvê-lo, com a condição de que deixasse essa busca e esse filosofar, não aceitaria, mas sim insistiria em exortar seus concidadãos a que deixassem de cuidar das riquezas, da fama e da honra, como vêm fazendo, e cuidassem e se preocupassem com o pensamento, a verdade, de modo que a alma seja o melhor que possa. Na sequência, especifica quatro ações em que se desdobra esse filosofar ante a cada ateniense: "Eu o interrogarei, o examinarei e o refutarei e se não me parecer que possua a excelência, ainda que o diga, eu lhe jogarei na cara que dá menos valor ao mais valioso e mais valor ao menos valioso" (*Apologia*, 30a; 29e-30a). Interrogar, examinar, refutar, jogar na cara a sobrevaloração do menos importante, desvalorizar o mais valioso, essa é a vida filosófica que Sócrates empreende em nome da vontade divina. Uma vida que não se conforma em olhar para si e olha também para os outros; uma vida que busca interferir no que os outros cuidam, atendem, interessam-se.

Nesse contexto, Sócrates se compara a um tavão que busca despertar esse cavalo, grande e de bela raça, que é a sua *pólis*, Atenas (*Apologia*, 30e-31c). Ao final, nessa cidade cheia de figuras reputadas e excelsas, Sócrates se apresenta como o único desperto. A figura não é nova. A contraposição entre um que está desperto e muitos que dormem já era um *leitmotiv* do pensamento, pelo menos desde Heráclito. O filósofo percebe a si mesmo desperto, e adormecidos os outros.

O que talvez caracterize mais especificamente Sócrates é que ele outorga a certa relação com a ignorância a potência de iluminar a vigília. E que, por alguma razão misteriosa que apresentou como mandato divino, decidiu projetar essa relação sobre os outros. Essa pretensão faz de Sócrates um problema e um perigo, mas também um mistério e um início: sua vida não pode ser vivida sem que os outros sejam afetados por ela de determinada maneira, e sua relação com a ignorância não pode ser mantida sem que os outros se questionem sobre sua relação com o saber. Esta é uma questão que nos interessa profundamente: a filosofia, ao menos *a la Sócrates,* não pode não ser educativa; educar-se no pensamento exige educar o pensamento dos outros.

Baseando-se nessas passagens da *Apologia*, Foucault distingue três momentos do dizer verdadeiro socrático: *recherche, épreuve, souci*. Diferencia esse modo de dizer verdade de outros três modos de dizer verdade na Grécia clássica: o do poeta (o modo profético), o do sábio (o modo conhecedor) e o do técnico (o modo professoral). Se a atitude tradicional ante a palavra profética é "esperar ou evitar seus efeitos no real" (FOUCAULT, 1984, p. 7), ao contrário, Sócrates empreende uma investigação (*zétesin, Apologia*, 21b) para discutir e eventualmente refutar o oráculo (*elénxon tò manteîon, Apologia*, 21c). Ao mesmo tempo, Sócrates não diz a verdade do sábio porque não fala do ser das coisas e da ordem do mundo, mas lhe interessa pôr em questão a alma (FOUCAULT, 1984, p. 11); tampouco diz uma verdade técnica porque não cobra pelo que faz e porque não crê que deva transmitir o que sabe a alguém que não saberia. Se há algo que Sócrates transmite é uma relação com o saber para, a partir de um reconhecimento da própria ignorância, gerar uma mudança na relação consigo mesmo.

A leitura foucaultiana de Sócrates tem um tom marcadamente laudatório. Como tantos outros, Foucault parece ver em Sócrates um herói, um inspirador, tanto que, em seu último curso de 1984, realiza uma emotiva leitura em primeira pessoa de frases do *Fédon*. O tom desse curso é tão empático que não podemos deixar de chamar a atenção sobre o paralelismo de duas vidas filosóficas opostas na iminência da morte. É notório que a morte iminente interferiu nessa visão de Sócrates do último Foucault, que parece encontrar no ateniense a legitimidade e a potência de uma maneira de viver a morte por vir, uma estilística comum de existir perante a morte.

Nesse sentido, Foucault não é uma exceção, e Sócrates lhe interessa tanto por sua vida quanto por sua morte, pela vida afirmada em sua forma de morrer. Para Foucault, a vida e a morte de Sócrates fortalecem-se no cuidado de si: a esse princípio agregou o que tanto desejava Foucault para a própria vida: uma existência bela e um dizer verdadeiro (2001, p. 54). Por isso, Foucault pode dizer que Sócrates viveu e morreu uma vida e uma morte verdadeiras. Por ter fundado o modo da filosofia de dizer a verdade, Sócrates faz-se insubstituível como momento genealógico de uma estilística filosófica que Foucault buscava para si nos últimos anos de sua vida.

De todo modo, não entraremos nas razões íntimas de Foucault. Interessa-nos seu retrato de Sócrates que é nada menos que o retrato de um fundador, do fundador de uma filosofia que se posiciona diante das políticas, dos pedagogos e dos sábios. As ênfases estéticas na leitura de Foucault são notórias. É um retrato plenamente afirmativo, de um Sócrates que é o homem do cuidado, que também funda a filosofia como prática do cuidado de si, no contexto de uma espiritualidade em que ainda vida e conhecimento, existência e ontologia estão juntas. A filosofia é para o Sócrates de Foucault uma espécie de atitude de vida, frente a si, aos outros e ao mundo; é também uma preocupação especial com o próprio pensamento e, finalmente, é um conjunto de práticas dialógicas pelas quais alguém deve passar para transformar-se e assim ter acesso à verdade. Na vereda oposta, o próprio Platão, em textos como *Fédon, Fedro* e *A República*, é já o iniciador desse momento cartesiano que, para Foucault, marca a cisão da espiritualidade e a filosofia e a subordinação do cuidado de si ao conhecimento de si. Para Foucault, Platão arranca a filosofia da vida onde a havia situado Sócrates.

Cuidado de si e cuidado de outros

O *Alcibíades* e o *Laques* retratam algo que Sócrates diz na *Apologia* de maneira nítida: o trabalho do cuidado, do pensamento, da filosofia, começa sempre em cada um; não há como provocar certo efeito no outro se antes não for feito esse trabalho consigo mesmo. Em uma passagem do *Mênon*, o explicita, de maneira muito clara. Recordamos o contexto do diálogo, sua primeira pergunta: é possível ensinar a *areté*? Em todo caso, antes há que se saber o que é a *areté,* e Mênon, perito que proferiu mil discursos a plateias numerosíssimas sobre a *areté,* diante de Sócrates não sabe o que dizer. *Mênon* se sente completamente encantado, inebriado e enfeitiçado por

Sócrates, "verdadeiramente entorpecido, na alma e na boca" (*Mênon*, 80a-b). Está como quem sofre uma descarga elétrica e fica impossibilitado de qualquer movimento. E considera menos mal que Sócrates não tenha viajado para fora de Atenas, porque, se tivesse viajado, por tais coisas em outras *póleis,* sendo estrangeiro, o teriam julgado como feiticeiro. Sócrates responde a *Mênon* que aceita a comparação com uma condição. Vale reproduzir a passagem inteira pela sua importância: "Pois não é por estar eu mesmo no bom caminho (*euporôn*) que deixo os outros sem saída (*aporêin*), senão por estar eu mesmo mais que ninguém sem saída (*aporôn*), assim também deixo os outros sem saída (*aporêin*)" (*Mênon*, 80c-d).

A frase tem uma estrutura sintática em que duas sentenças estão unidas por uma partícula adversativa (*allà*, senão). Em ambas as frases – explicativo-causais –, repete-se a parte final: produzir a aporia nos outros; o que muda é a explicação ou causa dessa atividade; a primeira parte da primeira oração nega uma possível causa; a segunda parte afirma outra possível causa. Sócrates nega que ele provoque a aporia nos outros, estando ele em uma situação confortável e tranquila de saber por onde ir e que caminho tomar (*euporôn*). Note-se que a contraposição é entre duas eventuais posições de Sócrates, dadas respectivamente pelos prefixos *eu* (bem, bom) e *a* (ausência, carência, negatividade) perante a mesma raiz temática *póros,* que indica movimento, caminho, deslocamento. De modo que Sócrates afirma que só aturde os outros porque ele está mais aturdido que todos, porque seu saber nada vale, assim como nada valem os saberes dos outros. Como o oráculo lhe disse, é o mais sábio por se saber o mais sabedor de seu não saber, ou melhor, da ausência de valor de seu saber.

Se pensarmos numa relação educacional, o que Sócrates diz é que, somente a partir da interioridade da relação que se quer propiciar no outro, é possível compartilhar o caminho de quem aprende. Sócrates só pode ser mestre do cuidado de si, só pode ensinar os outros a cuidar de si porque primeiro cuida de si, mais que ninguém. Só pode produzir o aturdimento próprio da filosofia porque ninguém está tão aturdido quanto ele mesmo. O ponto paradoxal, importante para nosso problema, é que, como Foucault destaca, Sócrates compreende o cuidado de si como um cuidado dos outros. Sócrates cuida de si mesmo cuidando dos outros. De modo que, em certo sentido, Sócrates não cuida de si como espera que todos os outros cuidem de si, cuidando de si *ipsis litteris*. Contudo, em outro sentido, Sócrates cuida de si mais que ninguém, porque é o único que entende esse cuidado a partir do cuidado dos outros. O paradoxo está na situação de Sócrates não poder cuidar de si senão cuidando dos outros. Essa é a situação paradoxal, única, de quem filosofa. O paradoxo se torna trágico quando o cuidado de si através do cuidado dos outros provoca a própria morte.

Dessa maneira, poderíamos nos perguntar se de fato Sócrates faz o que diz que faz, com todas as limitações, já expressadas, que temos para pensar essa questão. Dos dois *diálogos* que examina Foucault, parece que o faz somente no *Laques* porque, no *Alcibíades,* não se desloca do lugar de saber que habita desde o começo do *diálogo*. De fato, neste último, Foucault passa por alto pelas marcas de dispositivos de saber-poder que, sem dúvida, lhe haveriam interessado alguns anos antes, mas são irrelevantes para sua última busca, centrada nas *arts de l'existence* ("práticas reflexivas e voluntárias, pelas quais os homens não apenas fixam para si regras de conduta, mas buscam transformar-se a si próprios, a modificar-se em seu ser singular e a fazer de sua vida uma obra que porta certos valores estéticos e responde a certos critérios de estilo").[31] Nesse sentido, Sócrates interessa a esse Foucault como um artista na arte de existir, alguém que afirma uma estética da existência, um estilo de viver de outra maneira, de falar de outra maneira, de morrer de outra maneira.

---

[31] *"des pratiques réfléchies et volontaires par lesquelles les hommes, non seulement se fixent des règles de conduite, mais cherchent à se transformer eux-mêmes, à se modifier dans leur être singulier, et à faire de leur vie une oeuvre qui porte certaines valeurs esthétiques et réponde à certains critères de style"* (Foucault, 1984b, p. 16-17).

Segunda parte

É necessário atacar Sócrates?
Ou Sócrates, entre a vida e a igualdade

Capítulo III

Sócrates mestre de Nietzsche?

O testemunho de Nietzsche sobre Sócrates é oscilante e ambivalente. Mesmo na mais dura crítica, ele deixa ver um ar de admiração. Em textos da década de 70, como *Schopenhauer como educador* (1874) e "O andarilho e sua sombra" (em *Humano, demasiado humano*, 1879), as menções positivas crescem. As referências a Sócrates são dispersas e constantes. A crítica é retomada com toda ferocidade, particularmente em "O problema de Sócrates" (no *Crepúsculo dos Ídolos*, 1888).

A tragédia da razão

Em *O nascimento da tragédia*, a crítica de Sócrates é a outra cara da moeda de defesa nietzschiana da tragédia grega. Sócrates é ali, além de responsável intelectual pela desaparição da tragédia, sinônimo do gérmen do que há de pior na cultura contemporânea (a ciência, o racionalismo, a moral) ante a suprema cultura trágica da arte e da paixão. Nessa obra, o problema de Sócrates é visto nos seguintes termos: Sócrates seria o inimigo número um da arte trágica; no entanto, defende uma cosmovisão teórica frente à experiência trágica do mundo (§17).

Num texto em que Nietzsche reflete sobre *O nascimento da tragédia*, dezesseis anos depois de sua primeira edição e que foi incluído como prefácio da segunda edição, ele traça o sentido principal dessa obra, a qual qualifica de temerária e impossível: "Ver a ciência com a ótica do artista, e a arte, com a da vida" ("Ensaio de autocrítica", 1991, p. 2). Para isso, Nietzsche inventa uma doutrina que chama "dionisíaca" e que consiste numa valoração artística, amoral, da vida. Ela implica um aspecto positivo, uma vez que supõe compreender afirmativamente o profundo fenômeno dionisíaco entre os gregos, e também um aspecto negativo, à medida que requer denunciar as figuras do apolíneo que enfrentaram e levaram à dissolução desse fenômeno, como é o caso de Sócrates, "*décadent* típico", e denunciar também o fenômeno a ele associado, o socratismo. Sócrates representa, para Nietzsche, muito mais do que uma pessoa, é todo um espírito contrário ao espírito dionisíaco: a teorização, a moralização e a racionalização da vida. Junto a Sócrates, são também em parte criticados Kant e Schopenhauer, ambos por prolongar o socratismo na cultura moderna; este, por pretender impor a resignação no mundo da vida; aquele, por postergar a arte como meio de revelação metafísica à custa do conhecimento prático, moral.

De todo modo, Nietzsche está nesse livro muito próximo de Kant e mais ainda de Schopenhauer. Enfim, ambos são também críticos do racionalismo e do otimismo socráticos. Kant mostra os limites da pretensão da razão de desvelar a essência metafísica do mundo. Schopenhauer questiona os poderes da razão para conhecer os abismos mais profundos do ser e propõe uma arte – a música – como instância de acesso principal à essência do mundo. Assim, ambos se inscrevem na linha antirracionalista e são também aliados de uma visão pessimista, trágica, da vida. Nietzsche situa os dois como fontes para um renascimento da cultura trágica, junto a R. Wagner, quem seria o responsável por recuperar para a música do século XIX a potência dionisíaca do mundo. Contudo, em seu último período, volta atrás sobre essa aliança, que vai considerar o pior do livro, enquanto uns e outros estariam igualmente associados à tradição do pensamento metafísico e moral que tenta confrontar.[32]

---

[32] Em uma tese de doutorado defendida na Universidade do Estado do Rio de Janeiro, Adriany Ferreira de Mendonça sustenta que a aliança de Nietzsche

O que é o pior de Sócrates? Como se especifica sua doutrina e herança condenáveis? Sócrates não só representa um ideal contrário, senão que é acusado de haver combatido e assassinado a tragédia. Para o Sócrates de Nietzsche, o problema da tragédia é duplo: a) não diz a verdade; b) não está dirigida a quem tem entendimento, o filósofo (§14). A arte trágica representaria, para Sócrates, só o útil, o agradável, e seria, portanto, nociva na formação dos jovens. Ao contrário, esse Sócrates postula uma conexão necessária entre a virtude e o saber, entre a fé e a moral. Quem conhece o bem não poderia não ser virtuoso, e quem é virtuoso não poderia não ser feliz. É esse otimismo racional que significa a morte da arte trágica. Para consumar essa morte, a estratégia socrática foi solapar a tragédia desde dentro, aliando-se a Eurípides, tanto que este não tem voz própria, senão que por ele fala "um demônio que acaba de nascer, chamado Sócrates" (§12). Assim, Eurípides se deixou influenciar pelo socratismo não dionisíaco, que condiciona o belo ao inteligível e o virtuoso ao conhecimento. Foi o representante, na arte, do socratismo estético, da ideia de que tudo tem de ser consciente para ser belo.

Sócrates é, então, o médico que crê que o erro é a enfermidade, e o conhecimento, seu remédio. Seu ideal de homem teórico reúne uma série de atividades que considera supremas (julgar, conceitualizar, raciocinar), inclusive virtudes morais (compaixão, sacrifício, heroísmo), as que considera passíveis de serem ensinadas e aprendidas. Diante do pessimismo prático do artista, Sócrates afirma o otimismo teórico de si mesmo, do filósofo.

---

com Kant e Schopenhauer em *O nascimento da tragédia* – que a autora não considera mais forte do que a que o une a Aristófanes, cujas referências Nietzsche suprime na edição publicada do livro – se deve à sua pretensão de que o livro fosse aceito pelo *establishment* da filosofia nesse momento (cf. A. Ferreira de Mendonça. "O nascimento da filosofia a partir da arte: uma abordagem nietzschiana". Rio de Janeiro: UERJ, 2006. p. 75 ss. [tese de doutorado]).

Assim, Sócrates seria o progenitor, o protótipo, o antecessor da ciência, a qual representa, para Nietzsche, a *"oposição mais ilustre* à consideração trágica do mundo" (§16). Como tal, despreza os instintos, a arte, negando, assim, justamente o lugar em que se encontra a sabedoria. A ciência e a arte se oporiam entre si tanto como a lógica e a música. Sócrates é também um monstro de um "único olho ciclópeo" que nunca conseguiu perceber a "demência do entusiasmo artístico" (§14).

Como sugerimos, Nietzsche não está tão preocupado com Sócrates quanto com o socratismo, essa tendência cultural que persiste contemporaneamente. Mais ainda, em uma conferência escrita anteriormente a *O nascimento da tragédia*, Nietzsche chega a afirmar que "o socratismo é mais antigo que Sócrates" ("Sócrates e a tragédia", 1991, p. 225), isto é, que as forças que dissolvem a arte antecedem e muito ao "primeiro grande heleno que foi feio". Com efeito, o que Sócrates fez, segundo Nietzsche, foi simplesmente dar forma a uma tendência antidionisíaca arraigada desde tempos antigos na cultura helênica.

Um aspecto curioso dessa primeira crítica nietzschiana a Sócrates é que não há referências textuais diretas a suas fontes; não há menção aos textos que Nietzsche tem em vista para sustentar sua leitura de Sócrates. Sem embargo, a ausência de referências explícitas a Xenofonte e Aristófanes e algumas referências ao gênero diálogo, somadas à presença nos *diálogos* de Platão de algumas teses atribuídas a Sócrates, fazem pensar que são esses *diálogos* que Nietzsche tem em vista. Nietzsche diferencia Sócrates de Platão, para "salvar" este último, o que a ele mesmo espantaria alguns anos depois. Tanto que ali mesmo diz que "o divino Platão foi neste ponto vítima do socratismo". O nobre poeta, autor de tragédias que seu decadente mestre obrigou a queimar, teria abandonado a arte sob perversa influência e, então, criou os *diálogos* de Platão que situam seu mestre como o personagem principal da trama da ciência, da moral e da dialética, as três perversões do espírito humano.

Num sentido mais pessoal, Nietzsche vê Sócrates como uma natureza anormal à medida que nele estava invertida a relação entre instinto e consciência. Se nos homens o instinto é a força criadora, e a consciência é seu freio, em Sócrates é ao contrário, seu instinto se expressa através de uma voz demoníaca que o dissuade em certas circunstâncias (§13). Essa inversão faz de Sócrates um monstro, um não mítico, com um superdesenvolvimento de sua natureza lógica ante a sua sabedoria instintiva. Contudo, seu instinto lógico, que não lhe permitia voltar-se contra si mesmo, era de uma força tal, que Nietzsche o coloca à altura das maiores forças instintivas. Era tal a convicção natural de Sócrates, que refutá-lo era impossível, que:

> [...] só uma forma de condenação era aplicável, o desterro; teria de ter sido lícito expulsá-lo para o outro lado das fronteiras, como a algo completamente enigmático, inclassificável, inexplicável, sem que nenhuma posteridade tivesse tido o direito de incriminar os atenienses por um ato ignominioso.

De modo que o monstruoso de Sócrates não é só sua inimizade tão profunda por Dionísio, senão que, por trás dessa inimizade, há um semelhante, alguém que parece demasiado com ele.

Por outras razões, tanto Platão quanto Sócrates não estão tão distantes da tragédia. Por um lado, a relação entre o diálogo platônico e a tragédia é muito mais íntima do que Platão estaria disposto a reconhecer. Ambos absorvem os gêneros que os antecedem. Nietzsche reconhece que Platão legou à posteridade uma nova forma de arte e que, se nela a filosofia (dialética) submete a poesia a uma forma de escravatura, o diálogo combina de tal maneira a narração, a lírica e o drama, a prosa e a poesia, que permitiu a transmissão de todos os gêneros que funcionaram para os séculos seguintes. Nesse contexto, Nietzsche quer ver algo mais em Sócrates:

> Se temos de supor, pois, que inclusive antes de Sócrates atuou já uma tendência antidionisíaca, que somente nele adquire uma expressão inauditamente grandiosa: então não temos que arredarmos de perguntar até onde aponta uma aparição como a de Sócrates: que, se temos em conta os *diálogos* platônicos, não podemos conceber como um poder unicamente dissolvente e negativo. E ainda quando é muito certo que o fato mais imediato do instinto socrático perseguia uma decomposição da tragédia dionisíaca, sem embargo, uma profunda experiência vital de Sócrates nos força a perguntar se entre o socratismo e a arte existe *necessariamente* tão só uma relação antipódica, e se o nascimento de um "Sócrates artístico" é em absoluto algo contraditório em si mesmo (§14).

Nietzsche dá algumas pistas para pensar por que Sócrates não deve ser considerado um poder "unicamente dissolvente e negativo" e em que consistiria sua "profunda experiência vital", afirmação chamativa que aparece somente umas páginas depois de haver posto Sócrates na vereda contrária à vida. Menciona o sentimento de vazio ou dever não realizado que Sócrates teria tido diante da arte, e esse chamado a cultivar a música que se lhe apresentava em sonhos ao qual se refere no início do *Fédon*, no dia de sua morte. Ali Sócrates diz que, na prisão, pôs em versos as fábulas de Esopo e o hino a Apolo, ao que se havia negado durante toda a sua vida (PLATÃO, *Fédon*, 60c-e). Explica que muitas vezes teve um sonho que o impelia a produzir e a praticar música e que ele interpretava isso como uma exortação para seguir fazendo filosofia, que era para ele a música mais excelsa. Mas uma vez que um rito religioso impediu que Sócrates morresse logo a seguir de seu julgamento e condenação, temeroso de que o solicitado significasse fazer uma música popular, então decidiu não correr o risco de desobedecer a esse mandamento e compôs poemas. Fez um poema para o deus e, para não tratar em seu poema de raciocínios, mas de mitos, não sendo ele um mitólogo, resolveu dar forma poética a algumas fábulas de Esopo. Nietzsche comenta esse episódio e se pergunta:

> Aquela frase dita pela aparição onírica socrática é o único signo de uma personalidade acerca dos limites da natureza lógica: acaso ocorre – assim tinha ele que perguntar-se – que o incompreensível para mim não é já o ininteligível sem mais? Acaso há um reino de sabedoria do qual está desterrado o lógico? Acaso a arte é inclusive um correlato e um suplemento necessários da ciência?

O reconhecimento por parte de Nietzsche da figura de Sócrates vem também, ao menos em parte, do papel de guia de um tipo de existência – o homem teórico – nunca antes visto. Sócrates, por fim, inventa um modo de viver; é certo que se trata de um modo de vida repulsivo e decadente, mas não é menos certo que se trata de um tipo novo e que, ademais, indiretamente, leva a ciência até a arte. Com efeito, ainda que Sócrates seja responsável por uma crença metafísica nociva e ilusória – a de que, seguindo o elo da causalidade, o pensar chega não somente a conhecer senão também a corrigir os abismos mais profundos do ser –, o é também pela crença que obriga a ciência a chegar até seus limites e transmutar-se em arte.

Dessa maneira, Sócrates foi, para Nietzsche, um ponto de inflexão à medida que seu otimismo teórico levou-o a perceber os limites da lógica para resolver as questões que o próprio Sócrates conduziu a ciência a colocar-se, abrindo, dessa maneira, as portas para o conhecimento trágico. Assim, sua avidez insaciável, otimista de conhecimento se transmuta em "resignação trágica e em necessidade de arte" (§15). Por fim, ainda esse decadente Sócrates é, para Nietzsche, um caminho que conduz até a arte.

Um enfermo de vida

Em "O problema de Sócrates", texto da última fase da vida de Nietzsche, aparece renovada uma visão crítica a respeito da vida que Sócrates representaria. Sócrates é apresentado como um melancólico, um dubitativo, um enfermo, por ter-se oposto à vida. Na verdade, Sócrates é somente o nome de algo compartilhado pelos "mais sábios de todas as épocas". Trata-se de um caso que ilustra a decadência de todos os sábios na medida em que não apreciaram o valor supremo da vida. A vida aparece nesse texto como um valor superior a todos, inquestionável. Quem questiona a vida questiona a si mesmo e o valor de seu próprio saber ("O problema de Sócrates", §1).

O problema de Sócrates é, então, não reconhecer o valor da vida. Nietzsche vê diversas causas para isso. Primeiro, Sócrates era plebeu e feio, pertencia aos estratos sociais e estéticos mais baixos, tanto que, em função da importância que tinha a estética para os gregos, Nietzsche põe em questão que de fato Sócrates tenha sido um grego, se isso quer dizer algo além do simples pertencimento a uma *pólis*. Sua feiúra expressava um caos e uma anarquia de instintos incompatíveis com a cultura grega. Como reação a esse caos, Sócrates depreciava os instintos e superestimava a razão, à qual outorgou o lugar supremo de controle e vigilância. Seu espírito decadente projeta-se na equação que identifica essa razão controladora com a virtude e a felicidade. Consuma-se, assim, a inversão de todos os valores (§2-3).

Como método, Sócrates engendrou a dialética, instrumento de decadência, à medida que, numa cultura que se valoriza como tal, quem tem razão não precisa demonstrá-la. A dialética é tirânica: quem vence deixa o vencido na posição de ter de demonstrar que não é idiota; enfurece-o e não lhe dá ajuda. Nietzsche considera a ironia de Sócrates negativamente: ela é uma mostra de ressentimento e rebeldia plebeia (§7).

Contudo, isso não explica o êxito de Sócrates, a fascinação que exerceu nos meios aristocráticos de Atenas. Para isso, Nietzsche oferece ao menos três razões: 1) a dialética era uma nova forma de luta, de agonística, e os gregos eram apaixonados pela luta; 2) Sócrates era um grande erótico, um sedutor, e foi muito hábil ao introduzir a dialética, e com ela a razão e a moral, na instituição pederástica para seduzir os jovens nobres; 3) Sócrates era muito intuitivo e intuiu que Atenas necessitava dele, que os instintos estavam anárquicos em todos os atenienses e que era necessário alguém que os dominasse (§8-9).

De qualquer maneira, o remédio, a razão, era pior do que a enfermidade e consumou a destruição da força cultural ateniense. Justamente a decadência consistiu em pensar que o remédio, a razão, era sinônimo de virtude e de felicidade, e que esta última chegaria lutando contra os instintos mais vitais, quando, em verdade, esta se identifica com eles. No remédio, estava a morte, e, na morte – não na razão –, o remédio. Por isso Sócrates quis morrer, porque sua vida havia sido a de um enfermo (§12), e sua vontade de morrer não foi senão um testemunho de seu fracasso.

Oscilações de um testemunho

No também tardio *Para além de bem e mal* (1885), o problema de Sócrates é formulado em outros termos, igualmente críticos: ter negado o perspectivismo, "condição fundamental de toda a vida" (Prólogo). Nesse mesmo texto, Nietzsche insiste em separar Platão de Sócrates, o aristocrata e o plebeu corruptor. Sustenta que há um elemento não platônico nos *diálogos*, que consiste em afirmar que os homens somente podem agir mal involuntariamente, por erro, e que, então, basta corrigir o erro para ser bom (§190). Nietzsche atribui esse elemento ao socratismo, critica seu pressuposto identitário entre o bom, o útil e o agradável, e acusa Sócrates de enganar-se a si mesmo – e com ele a todos os atenienses – de que a razão poderia dominar os instintos, o inferior dominar o superior (§191).

Em muitos outros textos anteriores a essa última etapa, o tom de Nietzsche é menos passional, e, em textos de uma etapa intermédia, ele chega a ser adulador e inclusive reverente. Em *Schopenhauer como educador*, chama indiretamente Sócrates de "homem original" e "gênio" e diz que, em virtude das condições adversas de sua cultura para tais homens, se Sócrates tivesse vivido em seu tempo, não teria chegado aos setenta anos (*Schopenhauer como educador*, §6). Em *Aurora*, o discurso se mantém crítico, mas o tom é outro, extremamente elogioso. Em um sóbrio fragmento, diz que Sócrates e Platão, aos quais se refere como "admiráveis criadores", foram vítimas do preconceito de considerar que a ação reta sempre acompanha o entendimento reto. Nietzsche aponta ali que não há relação necessária entre conhecer uma ação e levá-la a cabo, e que o trânsito entre entender algo e fazê-lo continua sendo um mistério (§116).

Contudo, em um mesmo texto, há referências encontradas. Nos aforismos editados como *Humano, demasiado humano* (1878), há algumas alusões críticas (em uma delas, considerara Sócrates como uma pedra que, lançada em meio às rodas, faz saltar a máquina do pensamento grego em pedaços (*Humano, demasiado humano*, V, §261); em outra, diz que o demônio socrático não foi senão uma afecção auditiva mal interpretada por Sócrates (§126), mas a grande maioria desses aforismos estende laços afirmativos com Sócrates. Por exemplo, em outro aforismo, permite-se dar a razão a Sócrates e a Platão nada menos do que a respeito do homem sempre fazer o bem, o que lhe parece bom (útil), no sentido de que sempre busca a autoconservação (II §102). E em um terceiro, critica o modo em que os homens pensam que são mestres justamente em todas as coisas em que não o são e evoca para isso "a experiência de Sócrates" em uma muito provável alusão às conversações com políticos, poetas, trabalhadores manuais, relatadas na *Apologia* para dar sentido à sentença do oráculo que o consagrava como o mais sábio em Atenas (VI, §361). Num fragmento do verão de 1877, volta a dar a razão a Sócrates sobre o modo arrogante em que as pessoas que "carecem de cultura científica" falam de assuntos sérios e difíceis (23, [17]). Num aforismo dedicado a Xantipa, esposa de Sócrates, e ao modo em que essa o "ajudou" a cumprir sua tarefa por tornar sua casa inabitável e inóspita, refere- se ao heroísmo de Sócrates a quem trata de "espírito livre" (VII, §433). Em outro, diz que as mulheres gritavam e perturbavam o destino do pensador que recebeu a cicuta, como foi o caso de Sócrates, quem não teve outro remédio senão expulsá-la da prisão, segundo narra o *Fédon*; Nietzsche chama Sócrates "livre pensador" (VII, §437). Em um fragmento de outubro-dezembro de 1876, qualifica de muito pertinente o modo como Sócrates se defendeu ante os juízes, "ante o foro da história universal", ainda que esses não o tenham compreendido e o tenham condenado (19 [12]).

A questão matrimonial volta a aparecer em um texto tardio, *A genealogia da moral* (1887), em uma referência *en passant* que deixa entrever uma consideração singular. Com efeito, Nietzsche comenta ali que todos os "grandes filósofos" escapam a tudo aquilo que os distraia de poder desenvolver sua potência e, entre outras coisas, cita o matrimônio como uma dessas coisas que distraem. Sustenta que um filósofo casado é um "personagem de comédia" e que Sócrates é, na verdade, uma exceção por ter se casado por ironia, para demonstrar a própria tese de Nietzsche (*A genealogia da moral* III, §7).

É notório, então, que convivem em Nietzsche sentimentos opostos a respeito de Sócrates, de Platão e da relação entre ambos. Ainda que nas passagens críticas a Sócrates que apresentamos vimos que Nietzsche tenta salvar Platão, em alguns casos a situação se inverte. Por exemplo, em fragmentos póstumos de setembro de 1876, compara os testemunhos de Platão e Xenofonte sobre Sócrates. Considera que o primeiro oferece uma caricatura difusa, critica sua qualidade de dramaturgo por não ter conseguido fixar a figura de Sócrates, nem sequer em um diálogo. Julga que ele o sobrecarregou de tantas qualidades, que acabou por fazê-lo irreconhecível como pessoa. Elogia, por outro lado, os *Memorabilia* de Xenofonte, mas adverte que é um livro que se tem de saber ler (*Humano, demasiado humano*, 18 [47]); a um fragmento escrito entre a primavera de 1878 e novembro de 1879 dá o título de "a inveja de Platão" e acusa Platão de querer confiscar Sócrates para si e privar todos os socráticos dele; qualifica também seu testemunho de a-histórico. Sua desconfiança em relação a Platão cresce com o tempo, até fazê-lo um sinônimo do que há de pior na cultura: moralismo, idealismo, cristianismo.

Razões de uma leitura

São tão numerosas as referências de Nietzsche a Sócrates que estamos longe de sair de um início. Como apreciar, então, os testemunhos que acabamos de apresentar? Em linhas gerais, quando se lê o testemunho de um filósofo sobre outro filósofo, pode não ser interessante buscar uma imagem única, perfeitamente coerente do princípio ao fim. No caso de Nietzsche, essa máxima resulta particularmente significativa. Sua imagem de Sócrates está carregada de elementos contraditórios, em tensão e também em movimento como os que habitam o pensamento de Nietzsche. Não poderia ser de outra maneira: Nietzsche vive pensando, seu pensamento está vivo, desloca-se, volta-se sobre os próprios pontos fixos. Portanto, a imagem que oferece de Sócrates não poderia não ter as características que tem.

Alguns leitores de Nietzsche, como A. Nehamas, perguntaram insistentemente por que Nietzsche ataca tão veementemente Sócrates; por que culpa o Sócrates dos *diálogos* platônicos, em vez de culpar seu criador, o próprio Platão (A. Nehamas, 2005, p. 235), e por que Nietzsche não viu, em todo caso, um paralelo entre ele mesmo e Sócrates, alguém que, como ele, é por fim um "imoralista", uma figura que também se opõe radicalmente aos valores de seu mundo

(p. 236). Se um filósofo deve medir-se pelo tipo de vida que é capaz de construir, também nisso, argumenta Nehamas, Nietzsche e Sócrates estão muito mais próximos do que o próprio Nietzsche parece estar disposto a aceitar. Nehamas insiste em perguntar: por que, então, Nietzsche ataca tão duramente Sócrates? (p. 238).

A tese de Nehamas é que Nietzsche estava demasiado próximo de Sócrates para admitir essa proximidade, a qual significaria um punhal em seu próprio pensamento. Se Sócrates fosse um aliado, haveria de sê-lo de tal modo que a própria originalidade do projeto nietzschiano estaria em perigo. No fundo, Nietzsche duvidava se de fato tinha podido emancipar-se de Sócrates, se seu próprio projeto não era o mesmo desse personagem que havia fundado uma tradição contra a qual ele constitutivamente se insurgia. A criação de si tinha um valor tão importante para Nietzsche que reconhecer sua proximidade em relação a Sócrates teria significado pôr em dúvida o valor da própria criação de si mesmo (p. 240-241).

Talvez não seja necessário entrar no complexo mundo interior de Nietzsche para relacionar-se com as figuras que oferece de Sócrates. É sempre um pouco ilusório o historiador das ideias quando se disfarça de psicanalista e pretende dizer a verdade sobre as razões profundas de um autor para ler outro. Talvez seja mais interessante simplesmente constatar que uma multiplicidade de leituras convivem na leitura que um filósofo faz de outro filósofo e tentar dar sentido às razões dessa multiplicidade as quais, elas mesmas, podem ser diversas e estar em movimento.

Há muitos Sócrates em Nietzsche. É verdade que, sobretudo no início e no final de sua obra, parece predominar uma imagem antagônica, mas ainda ali há também outras imagens. Creio que a razão principal de por que há muitos Sócrates em Nietzsche é muito simples: é a mesma razão pela qual há muitos Sócrates em Platão. Há muitos Sócrates em Nietzsche porque há muitos Nietzsches, assim como há muitos Sócrates em Platão porque há muitos Platões. Há muitos rostos de um filósofo em todos os rostos que um filósofo pinta de outro, quando se interessa profundamente por aquele em diversas etapas de seu pensamento, e não se trata de alguém que aspire pelo sistema ou pela unidade de pensamento. Por exemplo, Foucault oferece um retrato absolutamente embelezado de Sócrates em seus últimos cursos,[33] mas, se tivesse escrito sobre Sócrates quando seu interesse se concentrava na descrição de uma analítica do poder, outro teria sido, seguramente, seu retrato. Os exemplos poderiam multiplicar-se.

Há razões adicionais. Sócrates é um filósofo que tem a vida praticamente ocupando todo lugar. Sócrates, enquanto nada escreve, vive tudo. Seu pensamento é sua vida. Nesse sentido, nenhum filósofo se aproxima mais do valor que Nietzsche dá à vida. Por isso, é provável que boa parte da carga negativa de seu testemunho tenha a ver com a relação de Sócrates com a morte e o que essa diz em relação com a vida. Nada irrita mais Nietzsche do que as últimas palavras de Sócrates, as quais considera obscuras e blasfemas. Com efeito, interpreta o pedido final de Sócrates a Críton, o qual encerra o *Fédon*, de não se esquecer de pagar a dívida que têm com Asclépio, como um reconhecimento de que a vida é uma enfermidade, de que, por fim, Sócrates viveu a vida como um sofrimento.[34] De modo que essas últimas palavras revelam o fundo de uma atitude vital débil, decadente, pessimista, enferma. Sócrates, que erige sua vida em sua filosofia, ao morrer, mata não somente sua vida, senão a vida que doa para a cultura, a vida que importa pensar e as forças vitais que é preciso viver.

---

[33] Conferir o capítulo anterior do presente texto.

[34] M. Foucault mostra, numa aula de 15 de fevereiro de 1984 (parte do curso *A coragem da verdade*, no Collège de France), que a interpretação de que Sócrates quer dizer ali que a vida é uma enfermidade é insustentável, em função de outras passagens do *Fédon* (como 62b, 67a e 69c), da *Apologia* e de outros *diálogos* de Platão.

Contudo, Nietzsche, como todo filósofo, tecia alianças de diversas índoles com outros filósofos em função de seus interesses ocasionais. É interessante notar alguns paralelismos que ele mesmo estabelece com o modo em que Sócrates entende o ser professor. Por exemplo, em *A gaia ciência*, diz, com Sócrates, que expulsaria um discípulo que nunca diz "não" e igualmente expulsaria outro que sempre responde com "a medida exata" (*A gaia ciência*, §32); em *Para além de bem e mal*, concede como necessária a maliciosa ironia socrática para arrancar os disfarces dos velhos e conservadores aristocratas (*Para além de bem e mal*, §212). Já vimos também passagens nas quais Nietzsche elogia a experiência pedagógica de Sócrates e o caráter agonístico de seu método. Ao menos como professor, Nietzsche dá mostras de não se sentir tão distante de Sócrates.

Mais ainda, resulta importante perceber certas afinidades entre Sócrates e Nietzsche em sua maneira de pensar a educação, ainda em passagens nas quais não cita Sócrates. Por exemplo, ambos são fortemente críticos da educação dominante de sua época (cf. a crítica que Nietzsche realiza em *Schopenhauer como educador* às instituições educacionais e aos educadores de sua época) e pensam que existe uma espécie de incompatibilidade entre o exercício filosófico e o Estado; na relação pedagógica, os dois têm dificuldades para ocupar o lugar de mestre e, sem embargo, consideram que habitam um lugar privilegiado, superior, na sociedade de seu tempo; os dois sustentam que a educação deve ter a ver com preparar os jovens para pensar e viver filosoficamente, ainda que isso tenha querido dizer coisas muito diferentes em um e em outro caso.

Em todo caso, Nietzsche é um aristocrata inimigo da plebe, um moralista imoralista, um decadente transgressor, um enfermo esbanjando saúde, um gênio, um fanático pela vida, pelo corpo, pela arte, pela criação, pelo pensamento, por fim, um entusiasta de tudo o que não seja banal e dogmático. É verdade: resulta tentador pensar que o mesmo poderia dizer-se de Sócrates. De todo modo, alguém que se ama e se odeia a si mesmo com a intensidade que o faz Nietzsche, por que não teria de fazer o mesmo com alguém que o apaixona tanto quanto Sócrates?

> Sócrates. Se tudo vai bem, chegará o dia em que para progredir ético-racionalmente se preferirá recorrer aos ditos memoráveis de Sócrates que à Bíblia, e em que Montaigne e Horácio serão usados como precursores e guias para a compreensão do sábio mediador mais simples e imperecível, Sócrates. A ele remontam os caminhos dos mais diversos temperamentos, estabelecidos pela razão e pelo hábito, e que apontam, sem exceção para a alegria de viver e do próprio si mesmo; donde poderia concluir-se que o mais peculiar de Sócrates foi sua participação em todos os temperamentos. Sócrates avantaja o fundador do cristianismo por sua gozosa classe de seriedade e por essa sabedoria plena de picardia que constitui o mais belo estado anímico do homem. Ademais, seu entendimento foi maior (*Humano, demasiado humano* II, §86).

Tudo em Nietzsche é apaixonado e exagerado. Tudo em Sócrates aparece aqui grande, gigantesco. Vale notar que a exaltação de Sócrates está dirigida ao Sócrates de Xenofonte, e não ao de Platão, o que faz pensar que uma parte substantiva da fúria que Sócrates desperta em Nietzsche se dirija mais propriamente contra esse retrato específico que oferece Platão em seus *diálogos*. Ao contrário, no testemunho que acabamos de reproduzir, tudo conduz afirmativamente a Sócrates. Tudo nasce de sua simplicidade, e a razão aqui não está em conflito com a alegria de viver nem com a própria construção de si mesmo. Não há ninguém mais diverso do que Sócrates. E também não há ninguém mais diverso do que Nietzsche. Por isso, a diversidade de Sócrates em Nietzsche. Porque ainda nisso Nietzsche parece ter sido fiel a seu espírito docente, aquele que dizia que "é preciso que o mestre ponha seus discípulos em guarda contra ele. Isso forma parte de sua humanidade" (*Aurora*, §447). Como ninguém, Nietzsche nos ensinou ao nos dar essa leitura paradoxal e tensa de Sócrates. Ajudou-nos a pensar, pondo-nos em guarda contra Sócrates e, quem sabe, através do memorável ateniense, contra Nietzsche, e também contra nós mesmos.

Capítulo IV

O Sócrates de Rancière

Na esteira da crítica de Nietzsche e de Heidegger ao niilismo moderno, Leo Strauss – nascido na Alemanha, em 1899, e habitante dos Estados Unidos da América de 1938 até a sua morte em 1973 – propõe um retorno aos gregos. Contudo, à diferença daqueles pensadores, não recupera os pré-socráticos, mas, Sócrates, Platão e Aristóteles, justamente aqueles que eles situam na origem da decadência que culmina nos ideais modernos. Strauss, diferentemente de Nietzsche e de Heidegger, considera que a crise contemporânea é sobretudo uma crise do pensamento político. Baseado em intérpretes islâmicos e judeus de Platão, como al-Farabi, formula de maneira criativa o "problema de Sócrates": os acusadores tinham razão, Sócrates não acreditava na *pólis*; seu caso mostra que a hipocrisia é um preço necessário a pagar para manter a independência do trabalho filosófico. Platão aprendeu muito bem a lição e dissimula suas ideias nos *diálogos*, nos que convergem um discurso hipócrita, dirigido ao leitor comum, e um sincero dirigido a um leitor filosófico. O problema de Sócrates é, então, como conciliar uma vida filosófica (de acordo com a natureza) e uma vida política (o mundo da opinião). Os *diálogos* de Platão combinam ambos os níveis: retórica para o leitor comum, dialética para o leitor filosófico.

Desde uma tradição diversa, também interessado em sua dimensão política, Jacques Rancière oferece uma leitura potente de Sócrates. É preciso sublinhar que a elaboração de Rancière é bastante concisa e que Sócrates – à diferença de

Platão e Aristóteles – não desempenha no seu pensamento papel tão significativo como no de Nietzsche ou no de Strauss. No entanto, a sua leitura de Sócrates é muito significativa, uma vez que oferece um elemento usualmente desconsiderado pelos filósofos leitores de Sócrates.

Um filósofo e um escravo (Mênon)

Rancière dedica poucas páginas a Sócrates em O mestre ignorante, mas de uma clareza e de uma severidade singulares. O livro interessa especialmente por se tratar de um texto que pensa a política em terreno educacional. Depois de narrar a experiência de Joseph Jacotot em Louvain e de apresentar sua crítica à lógica da explicação onipresente na instituição pedagógica, Rancière-Jacotot[35] postulam a necessidade de considerar um professor que não explique. Com efeito, a explicação supõe a lógica do embrutecimento: quem explica impede que a inteligência de quem aprende trabalhe por si mesma. O emancipador interroga porque quer escutar uma inteligência desatendida. Não é conveniente que o mestre saiba demasiado, já que esses saberes podem entorpecer o caminho. É necessário um mestre que ignore. Alguém poderia pensar, quase que de imediato, em Sócrates. No entanto, Rancière afirma, ao contrário, que "existe um Sócrates adormecido em cada explicador" e que o "método" de Jacotot difere radicalmente do socrático (RANCIÈRE, 2003, p. 43 ss.).

Rancière faz uma distinção entre Jacotot e o Sócrates do Mênon, aquele que ensina um caminho do saber ao escravo.[36] Ali, uma vez recuperado do aturdimento, Mênon quer saber

---

[35] Ainda que, com notórias diferenças, entre Jacotot e Rancière se dá certo paralelo daquilo que ocorre entre Sócrates e Platão. É certo que Jacotot escreveu e conservamos seus textos; também é verdade que Rancière não escreve diálogos, e seu estilo de pensamento pouco se aproxima ao de Platão; mas não é menos certo que há um uso do discurso em que as figuras se confundem ou, pelo menos, deixa de ser tão relevante a distinção entre um e outro. Jacotot é, na terminologia de Gilles Deleuze, um dos personagens conceituais através dos quais Rancière afirma sua filosofia e é quase tão indistinguível de Rancière quanto Sócrates o é de Platão. Por isso, neste capítulo, as referências são à dupla Jacotot-Rancière.

[36] A conversa com o escravo começa em Mênon 82b e vai pelo menos até 85e.

por onde começar a buscar a partir da *aporia* de um e de outro. Sócrates responde um pouco abrupta e surpreendentemente com uma teoria que afirma ter tomado de Píndaro e de outros poetas e homens religiosos, segundo a qual a alma é imortal, e investigar e aprender são totalmente uma reminiscência (*Mênon*, 81d).

Mênon se presta ao jogo de Sócrates e pede que ele lhe ensine como é essa teoria segundo a qual aprender é reminiscência. Sócrates se diverte e responde: "Agora, tu me perguntas se eu te posso ensinar, a mim que afirmo que o ensino não é senão reminiscência" (82a). Ainda que a teoria da reminiscência pareça mais platônica do que socrática – com todos os limites que essa distinção merece[37] –, o que Sócrates declara sobre o ensinar está próximo do que já lemos em outros *diálogos* e, de certo modo, reforça-o. Sócrates diz não ter sido mestre de ninguém porque de fato nada tem a ver o aprender *(manthánein)* com um ensinar *(didáskein)* técnico, ao modo dos saberes transmitidos pelos educadores profissionais. É certo que aqui se soma o elemento da reminiscência – despertar a recordação daquilo que já saberia aquele que aprende –, ausente em todos os *diálogos* chamados "socráticos", presente também na despedida do *Fédon*. Mas, em todo caso, mantém-se uma negativa do mestre em ensinar o que já sabe.

Para ilustrar essas ideias, Sócrates pede a Mênon que traga um servente (um escravo não adquirido, mas criado na própria casa desde o seu nascimento) que fale grego.[38] No exercício, o escravo passa de um saber certeiro a uma perplexidade que o leva a querer aprender aquilo que acaba

---

[37] A distinção entre *diálogos* de juventude, intermediários e de maturidade levaram, entre outros, Vlastos (1991, p. 45-80) a uma distinção entre um Sócrates mais socrático (o dos primeiros *diálogos*, "Sócrates *p*") e um Sócrates mais platônico (o dos *diálogos* intermediários, "Sócrates *m*"). Note-se a seguinte afirmação de Vlastos: "Os pontos de vista e as associações do Sócrates histórico se mal interpretam perversamente quando se ignora a diferença entre Sócrates *p* e Sócrates *m*..." (1991, p. 54, nota 36).

[38] É um detalhe interessante que, à diferença da experiência de Jacotot em Louvain, e como qualquer "ensinante tradicional", Sócrates se assegura de que o escravo fale a sua mesma língua, como condição para poder propiciar sua aprendizagem. A mesma exigência é explicitada no *Cármides*, 159a.

por reconhecer como problema; como resultado, aprende um conteúdo novo, matemático, um saber diferente que, na hipótese de Sócrates, ele já sabia, mas não recordava. A conclusão de Sócrates é: "Assim, pois, sem que ninguém lhe tenha ensinado, mas porque lhe perguntaram o que ele sabe, ele mesmo, por si mesmo, recobrou o saber" (*Mênon*, 85d).[39]

Tal conclusão é legítima? Ela corresponde ao que Sócrates efetivamente fez com o servidor de Mênon? Não parece. Rancière o nega categoricamente: o escravo não aprende o que *ele* já sabe, mas o que *Sócrates* já sabe. Mais ainda, não só aprende o saber de Sócrates (que nesse caso é a geometria, saber de pretensão universal ensinado no exercício), mas aprende também uma relação com o saber e sobretudo uma relação consigo mesmo mediada pelo "dono" do saber. O escravo aprende que, sem alguém que o leve pela mão a saber o que tem de saber, nada poderia saber. Ao contrário do que Sócrates afirma, o escravo aprende que, para buscar, sempre precisa da mão de outro. Aprende que, sem Sócrates, não seria capaz nem de buscar nem de saber. Aprende, em suma, a ser mais escravo do que era antes de falar com Sócrates.

De fato, na conversa, Sócrates sabe de antemão a resposta aos problemas a que o escravo deve responder. Vale notar um aspecto: o problema sobre o qual Sócrates interroga o escravo é um problema técnico específico da arte matemática, muito concreto: "Como se constrói de um quadrado outro quadrado que seja o dobro do seu tamanho?". É uma pergunta que tem uma só resposta correta, muito diferente das perguntas que ocupam todos os outros *diálogos* socráticos. O proceder socrático é conhecido: primeiro, confunde o escravo, levando-o a responder sua pergunta de forma errônea, quando esse confunde a resposta correta com um quadrado que é em realidade quatro vezes maior do que o primeiro; depois, o reconduz ao saber correto através de perguntas nas que está contido esse saber que atribui ao

---

[39] *Oukoûn oudenòs didáxantos all' erotésantos epistésetai, analabòn autòs ex hautoû tèn epistémen.*

trabalho da memória do escravo. Nesse exercício, as respostas às perguntas socráticas são únicas e fixas de antemão. Não há na verdade busca, porque não há nada que buscar: da parte de Sócrates, porque ele já sabe as respostas; da parte do escravo, porque ele não sabe como fazê-lo por si mesmo e porque o que Sócrates espera que ele responda já está contido nas suas perguntas.

Jacotot-Rancière sustenta que, nessa dupla submissão, se joga o caráter de um ensinante. Sócrates embrutece e não liberta porque não permite nem propicia que o escravo busque por si mesmo, que encontre o próprio caminho, e também porque há algo estabelecido de antemão que Sócrates já conhece, e que o escravo deve conhecer, sem o qual o que possa aprender não terá valor algum.

Como fazem notar Rancière-Jacotot, não é um mero detalhe que quem aprende com Sócrates seja um escravo. O contraste com o mestre – o mais sábio dos homens, segundo o oráculo – é notório. O escravo é um símbolo da mais diversa inferioridade: epistemológica, política, ética, social, cultural: ele é aquele que não só não sabe, mas que não sabe como saber; o escravo não só não pode saber, mas está despossuído de todo poder que não seja o da submissão.

Ao contrário, Sócrates é a imagem do superior quanto ao saber e ao poder que emana desse saber. Essa imagem está presente em muitos outros *diálogos*, nos que Sócrates sabe, melhor do que ninguém, os caminhos para mostrar aos outros sua ausência de saber. No *Mênon*, ele é dono de um saber positivo que lhe permite guiar o escravo até uma resposta correta à questão geométrica que estão analisando. Esse Sócrates sabe também o saber que surgirá ao final da indagação e, claro, sabe o melhor caminho para chegar a esse saber.

Os *diálogos* aporéticos são aporéticos?

No entanto, alguém poderia pensar que na verdade esse Sócrates do *Mênon* encontra-se exageradamente contaminado por Platão e se afastaria do Sócrates mais real, que seria mostrado nos chamados "*diálogos* socráticos", alguns dos quais repassamos nos capítulos anteriores. Nesses *diálogos* aporéticos, Sócrates não faria ostentação de nenhum saber positivo com relação às perguntas que ele analisa: de fato, essas perguntas não são respondidas, continuam em aberto ao terminar a conversa. Então, poder-se-ia argumentar que esse Sócrates embrutecedor do *Mênon* é atípico nas primeiras conversas e corresponde a um Platão maduro, de certo modo já distante do seu mestre.

Certamente, há algumas diferenças significativas entre o *Mênon* e os *diálogos* de juventude.[40] Por exemplo, no que diz respeito às perguntas e às respostas. Como sugerimos, neles a pergunta que orienta a conversa costuma ser aberta e polêmica, pela natureza de uma *areté*, e não há um saber previamente determinado que os interlocutores de Sócrates deveriam aprender ao final do diálogo. Nesses textos, tanto Sócrates como os seus interlocutores costumam acabar sem saber responder à pergunta inicial. Justamente isso é o que Trasímaco recrimina em Sócrates, que tem o costume de não responder às perguntas que propõe e faz com que os outros se contradigam (*Rep.* I, 337e). Trasímaco recrimina a Sócrates por não ensinar um saber positivo: "Esta é a sabedoria de Sócrates: pois ele não busca ensinar, mas dá voltas ao redor dos outros para deles aprender e nem sequer lhes agradece" (*Rep.* I, 338b).

"Ele não busca ensinar";[41] isso já o sabemos, ainda que Trasímaco se refira a uma "sabedoria" (*sophía*) de Sócrates, bastante alheia ao Sócrates dos *diálogos*. Mas já vimos que não há nada que Sócrates queira transmitir segundo a lógica tradicional dos pedagogos. Ao contrário, isso constitui sua característica mais própria e o torna o mais sábio, segundo o relato da *Apologia*: não buscar o que outros creem possuir. Assim, anda dando voltas ao redor dos outros para aprender

---

[40] Decerto, nem todos os *diálogos* de juventude têm a forma que aqui lhes damos. Trata-se apenas de uma caricatura para perceber mais claramente a especificidade do proceder de Sócrates no *Mênon*.

[41] *autòn mèn mè ethélein didáskein*.

deles (*parà dè tôn állon periiónta manthánein*). Essa sabedoria mascara um mestre emancipador? Por um lado, pareceria que sim. Como um mestre emancipador, Sócrates não explicaria nem ensinaria um saber de transmissão. Antes, ele aprenderia do aluno, ainda com a pecha de mal agradecido que lhe imputa Trasímaco. Como os emancipadores, Sócrates não ensinaria à maneira de um explicador, e seus interlocutores aprenderiam algo que desconheciam no início da relação pedagógica. É certo, sua aprendizagem tem a forma de um não saber o que antes sabiam, mas não seria menos aprendizagem. Os que conversam com Sócrates aprenderiam a desaprender o que sabem. E o próprio Sócrates aprenderia de seus interlocutores.

Contudo, desde a perspectiva de Rancière, à diferença de um mestre emancipador, Sócrates em todos esses casos já sabe o que o outro deve saber e o conduz premeditada e implacavelmente até o ponto em que *reconheça* o que Sócrates antecipadamente já sabe: que não sabe o que crê saber. Não há novidade alguma na aprendizagem, pelo menos desde a perspectiva do mestre que já sabe, sempre, o que o outro deve aprender. Ainda que o que o outro aprenda seja mudar a relação que tem com o saber e consigo mesmo, Sócrates também já sabe isso de antemão. Isso se repetiria em todos os *diálogos*, mesmo naqueles em que não há saber positivo ao final. Ao contrário, o proceder socrático seria neles ainda mais perverso, na medida em que oculta seu papel embrutecedor sob a ausência de um saber de resposta e a negação explícita a ocupar o lugar de mestre.

Assim, para Rancière, o socratismo é uma forma aperfeiçoada de embrutecimento, uma vez que se reveste de uma aparência libertadora. Sob a forma de um mestre na arte de perguntar, Sócrates não ensinaria para libertar, para tornar o outro mais independente, mas para manter a inteligência do outro submetida à própria inteligência.

Sócrates não pergunta, diz Rancière (2003, p. 44), ao modo dos homens, mas à maneira dos sábios. Como vimos, o ateniense diz estar cumprindo um mandato divino: tirar os outros de sua arrogância, de sua autossuficiência, de sua pseudossabedoria. Na óptica de Rancière, trata-se de uma política de iluminado, de superior a inferior, de alguém que esteve em contato com um saber divino e quer intervir para que os outros homens se aproximem de uma vida mais divina. Sócrates ensina à maneira de um pastor; parte da desigualdade, que verifica e legitima sem cessar em cada uma de suas conversas.

Assim sendo, para Rancière, o problema da pedagogia de Sócrates acaba carregando um problema político: ele dá crédito ao oráculo délfico e se sente superior a todos: a seus interlocutores, a Ânito, Licão e Meleto, seus acusadores na *Apologia*. Os *diálogos* socráticos não mostram homem algum que esteja à sua altura, que possa conversar com Sócrates em pé de igualdade. Apesar do que diz Trasímaco na passagem citada, e o que tantas vezes ele mesmo repete, Sócrates não parece convencido de que haja algo de valor que ele possa aprender de seus interlocutores que não confirme seu saber oracular. Ao mesmo tempo, ele sabe muito bem que todos têm pelo menos uma coisa a aprender dele: a reconhecer que não sabem o que creem saber. Sócrates, afirma Rancière, "compartilhou a loucura dos seres superiores: a crença no gênio" (126), que se creem superiores ante os mestres da ordem social.

O filósofo e o sacerdote (*Eutífron*)

Vamos ver, com algum detalhe, um desses "*diálogos* socráticos" de Platão nos que alguém poderia pensar que a situação é diferente, uma vez que os interlocutores de Sócrates não aprendem um saber positivo sobre as questões que ali se indagam. Veremos o que acontece no *Eutífron*. O diálogo é particularmente relevante para a tese de Rancière, na medida em que a conversa tem lugar com um sábio em assuntos sagrados, o experimentado Eutífron.

No início do diálogo, justo quando Sócrates está indo buscar a acusação escrita contra ele, encontra-se com Eutífron junto ao pórtico do prédio onde deve pegar a acusação. Este vai iniciar um processo contra o próprio pai por esse ter assassinado um vizinho. O motivo não é menor: alguém que se diz especialista em questões sagradas pode estar iniciando uma ação sacrílega, ao acusar o próprio pai perante os tribunais (3e-5a). Sócrates, então, aproveita a oportunidade para se colocar como discípulo de Eutífron e lhe pede que explique que é o sagrado e o ímpio, dos quais Eutífron se declara conhecedor (5d). Tudo parece acontecer a pedido de Trasímaco.

Começam, então, as tentativas de Eutífron: o "aprendiz" se torna mais rebelde do que o esperado e, inevitavelmente, aquele fracassa todas as vezes que trata de responder às perguntas de Sócrates. Na primeira tentativa, Eutífron sugere que o sagrado é o que ele mesmo está fazendo nesse momento, instaurando um processo contra quem é injusto, sem importar se quem comete injustiça é um amigo, um pai ou quem seja; ao contrário, não fazê-lo seria um ato ímpio (5d-e). Sócrates responde que, de fato, Eutífron não respondeu à sua pergunta; apenas deu um exemplo, um caso, de uma ação sagrada ou ímpia, mas não contemplou muitas outras coisas que também o são (6d). Sócrates especifica um pouco mais o seu pedido: quer a forma mesma (*autò tò eîdos*, *Eutif.* 6d), a única ideia (*miâi idéai*, *Eutif.* 6d), o paradigma em si (*autêi paradeígmati*, *Eutif.* 6e), pelo qual tanto as coisas sagradas como as ímpias são o que são.

Em sua segunda tentativa, Eutífron também falha. Afirma que "o amado pelos deuses é sagrado e o que não é amado pelos deuses é ímpio" (6e-7a). A contra-argumentação de Sócrates (7a-8b) pode ser resumida da seguinte forma: os desacordos se dão, entre deuses e seres humanos, precisamente pelos sentimentos que eles têm sobre coisas tais como o justo e o injusto, o bom e o mau, o sagrado e o ímpio. Isso significa que alguns deuses amam algumas coisas que outros deuses odeiam. Assim, as mesmas coisas são amadas e odiadas pelos deuses, e, desse modo, a definição proposta por Eutífron leva a uma contradição, na medida em que algumas coisas seriam amadas e odiadas pelos deuses e, portanto, sagradas e ímpias ao mesmo tempo.

O argumento é falacioso na medida em que Sócrates parte de uma premissa que ele mesmo não considera verdadeira (que existem diferenças substantivas entre os deuses com relação ao que é amado ou odiado por eles, cf. a esse respeito o livro II de *A República* ou o próprio *Eutífron*, 9c-d). O critério dado por Eutífron pode não ser aquele que Sócrates está procurando, porque não oferece o paradigma ou a ideia "pela qual todas as coisas sagradas são sagradas (e as ímpias, ímpias)", mas ele não é contraditório: se alguns deuses amassem certas coisas que outros deuses odiassem, isso apenas indicaria que, para tais deuses, não são sagradas e ímpias as mesmas coisas. Se isso é problemático para Sócrates, o problema está na concepção de deuses pressuposta ou na sua pretensão de uma resposta única e universal para a sua pergunta, mas não na definição oferecida por Eutífron.

Mais ainda, a definição que Eutífron propõe (que não muda substancialmente ao longo do diálogo) não só não é contraditória, mas ela funcionaria se Sócrates partisse de um princípio que ele mesmo aponta em *A República* II, a saber, que os deuses – pelos menos os verdadeiros deuses ou os deuses de uma verdadeira *pólis* – só podem amar e odiar as mesmas coisas. Eutífron tenta mostrar que, pelo menos no seu exemplo, este seria o caso: todos os deuses aceitariam que quem matou injustamente ou fez alguma outra injustiça deve prestar contas perante a justiça (*Eutífron*, 8b).

A continuação da conversa, porém, mostra um Sócrates implacável. Mais uma vez, parte de uma premissa ("ninguém entre os homens ou os deuses diria que não deveria prestar contas à Justiça quem comete injustiça") que é falsa à luz das próprias conversas em outros *diálogos* (por exemplo, no livro II de *A República* (357a ss.) dedica uma longa seção junto a Adimanto e a Glauco para mostrar que a justiça é preferível à injustiça apesar dos que argumentam o contrário). Conclui, assim, que homens e deuses dissentem precisamente em determinar se uma coisa é justa ou injusta (8c-e). Eutífron começa a dar sinais de cansaço e, ante a ironia socrática de que certamente explicará aos juízes o que a ele, Sócrates, lhe dá mais trabalho aprender, responde com mais ironia: "se me ouvirem, lhes explicarei" (9b). Eutífron toca num ponto-chave: nessa e em muitas passagens dos *diálogos*, Sócrates parece não ouvir seus interlocutores.

De fato, Sócrates só parece querer ouvir uma única coisa e se não ouve o que quer ouvir faz ouvidos de mercador e não dá descanso ao outro. No exemplo do *Mênon* com o escravo, isso parece mais aceitável, na medida em que o problema técnico que buscam resolver tem uma só resposta (ainda que se possa objetar que há pelo menos mais de um caminho para alcançá-la). Mas a questão se torna muito mais espinhosa justamente quando os temas são polêmicos e sem respostas rápidas como no *Eutífron*. Sócrates simplesmente não *ouve* a resposta de Eutífron. Não é verdade que Eutífron não responda à pergunta de Sócrates. Eutífron não responde à pergunta de Sócrates como Sócrates gostaria que respondesse. Sócrates quer o "quê", e Eutífron lhe dá o "quem". Sócrates pergunta pelo sagrado, e Eutífron responde mostrando alguém que faz o sagrado. Por que não? Qual é o problema? Por acaso cada "que" não esconde um "quem"? Desta forma, a negação do "quem" não é senão a máscara para a imposição de um "quem" escondido na sua ausência, na sua impostação universal.

Por acaso, a pretensão socrática de uma natureza, uma ideia, um ser do sagrado não esconde uma afecção como a que oferece Eutífron? Por que uma característica abstraída e universalizada é melhor resposta para entender o "quê" de alguma coisa do que o sujeito de sua produção? Sócrates bem poderia discutir o que de fato não parece querer discutir: que faz uma coisa "x" ser "x"? É um paradigma ou uma ideia, como ele pressupõe, ou poderia ser algo mais da ordem do aqui e agora, dos afetos e efeitos, da história e da geografia, tanto quanto da metafísica ou da ontologia? Como é que Sócrates, o homem do não saber, sabe que suas perguntas só podem ser respondidas de uma única maneira?

É claro que Sócrates não considera essas perguntas. Impugna as respostas de Eutífron como se as suas perguntas só pudessem ser respondidas como ele espera que sejam respondidas. Importa notar a violência desse modo de proceder socrático. Ele imprime uma despersonalização ao pensamento, que o abstrai da existência e dos sujeitos que o produzem, que o desconecta dos afetos e das paixões que lhe dão vida e sentido; conforma, em certa maneira, com uma antiestética da existência.

No *Eutífron*, Sócrates não cumpre a condição que, segundo antes vimos, estabelece no *Mênon* a respeito de si mesmo: estar mais em aporia que ninguém e por isso conduz os outros à aporia. No *Eutífron*, Sócrates parece, desde o início, saber o bom caminho para o sagrado, não sai de seu lugar e insiste em tirar Eutífron da senda que transita sem, no entanto, dispor-se ele mesmo a rever a sua. Desqualifica toda resposta que não se encontre com a própria resposta e, mais ainda, tem ouvidos moucos para toda pergunta que não esteja dentro das que ele pretende consagrar para o pensamento.

Na continuação do diálogo, Sócrates insiste. O critério que determina o "ser sagrado" não é "ser amado pelos deuses", mas, ao contrário, algo é amado pelos deuses por ser sagrado (9c-10e). Assim, Eutífron estaria confundindo o efeito do "ser sagrado" ("ser amado pelos deuses") e do "ser ímpio" ("ser odiado pelos deuses") com o que é "ser sagrado" e "ser ímpio". Eutífron já não sabe como dizer a Sócrates o que pensa. Tal qual Mênon, e tantos outros, tudo dá voltas ao seu redor. Nada fica quieto (11a-b).

Então, Sócrates diz que Eutífron lhe faz recordar Dédalo (11c).[42] Sócrates também se refere a Dédalo no começo do

---

[42] Dédalo é um ateniense da família real, o protótipo do artista universal, arquiteto, escultor e inventor de recursos mecânicos (Grimal, 1989, p. 129). Desterrado depois de matar seu sobrinho Talo por ciúmes, foi o arquiteto do rei Minos em Creta e construiu o Labirinto onde o rei encerrou o Minotauro. Fez com que Ariadne salvasse Teseu, o herói que tinha vindo combater o monstro, sugerindo-lhe que repassasse o novelo de lã que lhe permitiria voltar sobre seus passos à medida que avançasse. Por isso, Dédalo foi encarcerado por Minos e, então, fugiu com umas asas que ele mesmo fabricou para si até se refugiar na Sicília (Grimal, 1989, p. 130).

Hípias Maior como alguém que se vivesse no seu tempo e "realizasse obras tais como as que o tornaram famoso, cairia em ridículo" (282a). Ao que parece, as estátuas de Dédalo eram figuras com olhos muito abertos, braços estendidas e pernas separadas, em posição de andar, com o que produziam a impressão de estar em movimento. De modo que Dédalo era criador de algo que parecia uma contradição: "estátuas em movimento".

Sócrates também faz referência a ele no final do *Mênon* (97e). Em um contexto em que a estabilidade é fundamental para a epistemologia ali proposta, comenta que as estátuas de Dédalo têm valor somente na medida em que permanecem em seu lugar, mas são de pouco valor quando estão soltas, uma vez que, ao não estarem quietas, não é possível perceber sua beleza, daí que precisem ser encadeadas. Compara-as com as opiniões verdadeiras que só têm valor se ficam quietas e, então, se tornam conhecimentos (*epistêmai*) estáveis (98a). Para o Sócrates desse diálogo, a estabilidade, a quietude e a mesmidade são princípios fundamentais do conhecimento e do ser.

Eutífron, então, diz que Sócrates é quem se parece a Dédalo (11d). Sócrates aceita a comparação e se considera ainda mais terrível que aquele em sua arte tendo em vista que, enquanto Dédalo só fazia que suas obras não permanecessem em seu lugar, Sócrates faz o mesmo com as suas e também com as dos outros.

De modo que aqui a inferência socrática é a outra cara da moeda na comparação com o peixe torpedo do *Mênon*. Ali, Mênon punha em evidência o que Sócrates fazia com os outros, e este o colocava como exigência também da relação consigo mesmo; aqui Eutífron chama a atenção para um tipo de trabalho próprio de Sócrates consigo mesmo e este o estende também aos demais. Sócrates afirma que ele é sábio, especialista (*sophós*, 11e), nesta arte involuntariamente, pois desejaria que suas razões ou argumentos (*lógous*, 11e), permanecessem quietos, sem se mexer. Sábio ou especialista (*sophós*, *Eutífron* 11d), em este arte "sem querer", involuntariamente (*ákon*, 11d), já que desejaria que suas razões ou argumentos (*lógous*, 11e) permanecessem quietos, sem se mover. Como na *Apologia*, Sócrates, o homem que controla quase tudo nos *diálogos*, declara não controlar seu gesto inicial, detonador, com o que nasce a filosofia. A filosofia é involuntária, é o que Sócrates quer fazer ler.

Nos dois casos, o efeito parece ser semelhante. Como Dédalo ou como um peixe torpedo, Sócrates faz com que seus interlocutores percam o chão e não possam mais falar; problematiza a relação tranquila que antes tinham com o próprio saber. Os outros já não se sentem seguros nem cômodos no lugar em que estavam. E o mesmo Sócrates afirma em ambos os casos que ele também sofre o próprio efeito, incomodando-se a si mesmo quanto à sua relação com o saber.

Depois do enfado de Eutífron, a conversa continua. Sócrates consegue, com muitas dificuldades, que Eutífron conceda que o sagrado é uma parte do justo e que se trata de especificar precisamente que parte é essa (12a-12e). A conversa ganha novo impulso, e Eutífron até parece avançar na direção que Sócrates quer levá-lo quando afirma que o sagrado é a parte do justo que diz respeito ao tratamento que se dá aos deuses, enquanto a outra parte do justo diz respeito ao tratamento que se dá aos homens (12e). Mas ainda falta uma coisinha, diz Sócrates, que pede esclarecimentos sobre o tipo de tratamento do qual fala Eutífron (13a).

Nesse detalhe, nesse algo menor que falta para que a discussão chegue a bom término, os interlocutores novamente se perdem. Parecem cansados um do outro, e o andamento da conversa não traz nenhuma novidade. Eutífron insiste que aprender sobre essas coisas é um árduo trabalho (14a-b), e Sócrates o acusa de não querer ensinar-lhe (14b) e de retornar aos mesmos argumentos. Acrescenta que Eutífron é até mais artista do que Dédalo na medida em que consegue que seus argumentos andem em círculos (15b-c). O tom enfadado de

Sócrates parece indicar o fracasso de uma experiência: depois de tantas voltas, Eutífron vai parar no mesmo lugar do início.

O *Eutífron*, então, é exemplo de uma dessas conversações nas que o interlocutor de Sócrates não consegue dar uma resposta sobre o assunto indagado que satisfaça a Sócrates. O final do *Eutífron* é também exemplar em outro sentido, talvez ainda mais interessante. Perante a enésima e última insistência de Sócrates para que lhe diga o que é o sagrado e o ímpio, Eutífron sai correndo às pressas; escapa de Sócrates. Deste modo, repete o que outros interlocutores mostram em outros *diálogos*: Sócrates nem sempre consegue o que na *Apologia* afirma fazer com os que dialogam com ele: instruí-los para que sigam uma vida filosófica. Eutífron termina o diálogo pensando exatamente o mesmo que pensava no início, e mesmo todos os movimentos dedálicos de Sócrates não conseguem tirá-lo de seu lugar, a não ser para fugir de Sócrates, fazendo movimentos circulares que lhe permitam retornar ao próprio ponto de partida.

Mais ainda, o próprio Sócrates parece não ter aprendido nada na parte final do diálogo. Sua última intervenção (15e-16a) é esclarecedora: lamenta que, ante a fuga de Eutífron, fique impossibilitado de aprender o que é o sagrado e seu contrário – o que lhe permitiria libertar-se da acusação de Meleto – e, a partir desse saber a respeito do divino, não agiria levianamente nem faria novas invenções por desconhecimento e, além do mais, poderia viver outra vida, melhor.

O tom não poderia ser mais irônico. Sócrates na *Apologia* nega as acusações, não crê agir por desconhecimento nem levianamente, nem tampouco crê que haja uma vida melhor para ser vivida que a sua. Além do mais, Sócrates não acolheu o saber de Eutífron, não o escutou quando teve oportunidade de fazê-lo. Assim, ele mesmo parece retornar ao mesmo lugar do início. Dedálicos, ambos, deram voltas em círculo para regressar ao mesmo ponto de partida.

Em todo caso, esse diálogo aporético mostra um Sócrates semelhante ao da conversa com o escravo de Mênon, pelo menos quanto ao princípio e ao sentido políticos indicados por Rancière como motores de sua palavra. Com efeito, também aqui Sócrates parece saber desde o começo aonde Eutífron deve chegar: a saber que não sabe o que crê saber; também aqui, apesar do que diz no princípio e ao final de seu encontro com o sacerdote, Sócrates não pergunta por ignorar, mas para mostrar qual dos dois é o que sabe mais. A diferença principal, o motivo mais importante do fracasso do *Eutífron*, é que Sócrates não tem por diante um escravo, mas um experto nas questões tratadas que prefere escapar a dar o poder da razão e a verdade a Sócrates.

Poder-se-ia discutir em que medida esse Sócrates se repete nos outros *diálogos* de juventude de Platão. Não é fácil determiná-lo. Nos *diálogos* examinados nos capítulos anteriores, Sócrates mostra outras facetas. Talvez *Alcibíades I* seja o que apresenta um Sócrates mais próximo da crítica de Rancière no sentido de alguém posicionado na desigualdade, que parte de seu saber e do não saber do outro para conduzi-lo até si mesmo. Nesse breve exercício, Sócrates, o filósofo, diz a Alcibíades, o jovem aspirante a político, o dever ser da política: para governar os outros, transmitir a excelência, antes de tudo há que governar-se a si, ser excelente. E para isso é preciso se conhecer. Sócrates parece saber desde sempre o ponto de chegada desse, e o diálogo mostra, desde o começo, a superioridade em que Sócrates se situa com relação ao seu interlocutor: o aspirante a político se rende à verdade do filósofo, a uma verdade sobre si que o filósofo lhe revela, e o diálogo termina com a promessa do jovem de ocupar-se da justiça e de buscar para isso ser companheiro do filósofo (135d-e). Como tantos outros interlocutores, Alcibíades, que talvez por sua idade e aspirações e pelos efeitos de sedução socrática, à diferença de Eutífron, aceita sua posição de bom grado, aprende a reconhecer que não sabe sobre o assunto em questão e que a melhor forma de saber é pôr-se às ordens de Sócrates.

De modo que, se desde a temática do cuidado, o *Alcibíades I* se aproxima do *Laques*, desde a política do pensamento que se estabelece entre quem ensina e quem aprende, se aproxima mais do *Eutífron* e à passagem do escravo do *Mênon*. É Sócrates quem determina o campo do pensável para Eutífron, como também o faz para Alcibíades. Este se entrega docilmente a pensar o que Sócrates afirma ser necessário pensar. Vimos que uma situação semelhante se dá no *Lísis*, na qual, seduzidos por Sócrates, seus jovens interlocutores se entregam mansamente ao seu domínio. No *Banquete*, o próprio Alcibíades ilustra muito claramente a relação de Sócrates com seus amantes: "Está convencido de que deve ganhar-me em tudo" (222e). Eutífron precisou escapar ante tamanha pressão.

A sensatez do filósofo (*Cármides*)

No *Cármides*, há outra passagem interessante a respeito do modo como Sócrates relaciona-se com os seus interlocutores. No início do diálogo, Sócrates busca saber com o jovem, nobre e belo Cármides, o que é a sensatez *(sophrosýne)*. Cármides oferece algumas alternativas falidas ("uma certa tranquilidade", 160e; "fazer as coisas de si mesmo", 161b), até que Crítias toma parte na discussão (162c-e), fazendo algumas precisões terminológicas e Sócrates dele extrai a própria definição de sensatez ("uma ação de coisas boas", afirma em 163e). Sócrates dali conclui a inconveniente afirmação de que alguém pode ser sensato sem sabê-lo, e, então, Crítias reformula sua definição na direção do oráculo délfico. Diz: "Pois o 'conhece-te a ti mesmo' e 'o sê sensato' são o mesmo" (164e-165a) e, umas linhas depois o precisa assim: "A sensatez e o conhecer-se a si mesmo são o mesmo" (165b).

Sócrates não parece o mesmo do *Alcibíades* e não mostra nenhum entusiasmo pela sentença do oráculo de Delfos. Diz, então, a Crítias que se a sensatez é o mesmo que conhecer, seria "um certo saber de algo" (165c) e pergunta qual é esse algo (assim como a medicina é um saber da saúde, o que produz a sensatez em quem a pratica?). Crítias contesta que Sócrates não está buscando bem (165e), uma vez que não se trata de saberes semelhantes. Dá como exemplo o cálculo e a geometria, das quais desafia Sócrates a mostrar suas obras. Sócrates afirma que, no caso do cálculo, sua obra são os números pares e ímpares e a relação quantitativa entre eles. Dá também como exemplo a estática, com relação ao pesado e ao leve.

Crítias reage. Questiona que Sócrates só busque a semelhança entre a sensatez (*sophrosýne*) e todos os saberes (*pasôn tôn episthemôn*; 166b) e não perceba a diferença entre uma e outros, isto é, que, enquanto todos os outros são saberes de outra coisa, mas não de si mesmos, "ela é a única que, ademais de um saber de todas outras coisas, é também de si mesma" (166c). Depois questiona a razão dessa confusão, do que deriva uma admoestação à atitude com a que Sócrates enfrenta a conversa:

> Isto não deveria ter sido ocultado de ti de tal maneira, mas se foi assim creio que é precisamente porque não estás fazendo o que antes dizias fazer, mas fazes isto: estás tratando de confutar-me e abandonaste aquilo sobre o qual versa o argumento (*lógos*) (166c).

O que Crítias faz Sócrates notar é o mesmo que Sócrates censura em tantas ocasiões a seus interlocutores: que se preocupem mais em vencer uma contenda retórica que em alcançar a verdade. As palavras que Crítias usa são caras a Sócrates: preocupa-se em confutá-lo (*elénkhein*) e abandona o argumento. De modo que Sócrates deve responder a uma acusação de abandonar o que lhe é mais caro: o *lógos*.

Sócrates afirma que, se confuta Crítias, o faz pela mesma razão pela qual se examina cuidadosamente a si mesmo: pelo temor de crer saber algo e de se esquecer de que não sabe. Diz investigar o argumento (*tòn lógon skopeîn*; *Cármides*, 166d) em maior medida por si mesmo, mas, igualmente, também pelos outros companheiros. Conclui perguntando se não é um bem comum para quase todos os homens que se torne claro como é cada um dos entes. Convida depois Crítias a dirigir a inteligência ao *lógos* (*prosékhon tòn noûn tôi lógoi*, 166e) e não a quem é confutado (*elenkhómenos*).

Sócrates se encarrega de continuar. Propõe examinar, outra vez, desde o princípio, se é possível que a sensatez seja ao mesmo tempo um saber do que se sabe e do que não se sabe. Diz estar em aporia e pergunta a Crítias se ele está em melhor caminho (os termos são muito próximos aos da passagem já examinado do *Mênon: esporóteros phanêis emoû: egô mèn gàr aporô. hêi dè aporô, phráso soi*; 167b). Mas, ao continuar, Sócrates não consegue sair do círculo de um saber que, ou bem se bloqueia ao encontrar-se com seu contrário (o não saber), ou bem se torna inútil (por não ser um saber de nenhuma coisa concreta, como os outros saberes).

"Verdadeiramente, Sócrates, dizes coisas fora de lugar (*átopa legéis*)", afirma Crítias. Sócrates está de acordo. O caso é que, até o final do diálogo, Sócrates continua dando voltas em torno da impossibilidade de saber que é a sensatez e qual a sua utilidade. Contudo, Sócrates igualmente sai "vitorioso", uma vez que Cármides quer se colocar sob o encantamento (*epoidês*, 176b) de Sócrates para saber que é a sensatez, e Crítias não só aceita, mas que o incita a fazê-lo.

Os exemplos de tal comportamento de Sócrates poderiam multiplicar-se, e as reações dos interlocutores são diversas. Em textos como *A República* I ou o *Górgias*, particularmente nas conversas de Sócrates com Trasímaco e Cálicles, Sócrates encontra feroz resistência. Seus interlocutores não se resignam a pensar o que ele quer que pensem nem a estabelecer as relações que quer que estabeleçam em seu pensamento.

Nos termos propostos neste trabalho, o importante não é o conteúdo do que Sócrates busca nem se o faz por si ou pelos outros. O que está em jogo é a política do pensamento afirmada em sua relação com os outros, que espaço ocupa para si e que espaço deixa para os outros no pensamento, que coisas permite pensar e que coisas não deixa pensar; que forças desata no espaço do pensamento habitado por seus interlocutores, que potências desencadeia ou interrompe em seu dialogar com outros.

Rancière ajuda a pensar os limites dessa figura. Sócrates – ao menos nas passagens aludidas do *Mênon, Eutífron, Alcibíades I* e *Cármides* – não deixa que a inteligência do outro trabalhe por si mesma. No fundo, Sócrates comparte ali o velho ideário pedagógico de que o aluno deve aprender o que o mestre lhe ensine, ainda que, pelo menos nos últimos três *diálogos* citados, o que Sócrates quer que o aluno aprenda não é um saber de resposta, mas um deixar de saber o que crê saber. Dessa maneira, impossibilita que o outro aprenda, diríamos com Rancière, se só é possível aprender sob o signo da igualdade das inteligências. Por isso, interpreta que Jacotot dá outro sentido ao "conhece-te a ti mesmo" socrático: segundo o mestre francês do século XIX, não se trataria de um "reconhece teus limites", mas de um "conhece-te não como um inferior ou um superior, mas como um igual a qualquer outro ser humano".[43] Para Jacotot, isso é o único que um ensinante deve transmitir a seus alunos: a confiança na própria inteligência, como não inferior a nenhuma outra inteligência; isso é o único que não é possível ignorar se se quer ensinar sob o signo da emancipação: que nenhuma inteligência é superior ou inferior a outra. Isso é o único que Sócrates não poderia ter ignorado, algo incompatível com sua crença em ser portador de uma missão divina.

Para Jacotot-Rancière, uma ação educativa verifica a igualdade de inteligências e, então, emancipa, ou alimenta, a paixão desigualitária e, assim, embrutece. Nessa concepção, Sócrates não só não emancipa, mas se torna o mais perigoso dos embrutecedores ao esconder sua paixão pela desigualdade sob a máscara da ignorância. Alguns *diálogos* parecem lhe dar razão. Outros mostram que o legado de Sócrates para pensar os paradoxos de ensinar é mais complexo e polissêmico.

---

[43] J. Rancière, "Entretien avec Jacques Rancière accordé à l'institut FSU". Propos recueillis par Anne Lamalle et Guy Dreux". Disponível em: <http://institut.fsu.fr/nvxregards/28/28_ranciere.htm>. Acesso em: 25 maio 2007.

Terceira parte

Pensar com Sócrates (e Platão... e Derrida)

Capítulo V

Sócrates e o *phármakon*

Nas duas primeiras partes deste livro, apresentamos leituras contrastantes de Sócrates. Numa primeira parte, S. Kierkegaard e Michel Foucault encontram em Sócrates o precursor do projeto filosófico que cada um pensou para si mesmo. Seus estudos sobre o ateniense concentram-se em momentos diversos das suas trajetórias pessoais – próximo do início, no caso do dinamarquês; próximo do fim, no do francês – e, neles, Sócrates é fonte de inspiração para pensar a afinidade com um desígnio comum. Entretanto, numa segunda parte, F. Nietzsche e J. Rancière parecem situar-se nas antípodas: percebem em Sócrates aquilo que o próprio projeto, o projeto de si, não deve perseguir. O que está em jogo em todos esses casos não são afetos ou desafetos pessoais, mas criações em torno de um conceito, do qual Sócrates seria precursor (ironia, cuidado) ou um dos seus mais antigos detratores (vida, igualdade). Cada um de nossos personagens encontra em Sócrates vida e morte de um conceito.

Por essas razões, as quatro leituras poderiam contrapor-se de duas formas confrontadas: uma, que vê abrir-se com Sócrates um espaço desejável no pensamento; essa figura se reveste de aspectos positivos para si e para os outros, quando se trata de pensar sua projeção educacional. Ao contrário, a outra vê em Sócrates as primeiras marcas em que a filosofia vestiu-se de antipolítica, antidemocracia, anti-igualdade. Certamente, eles não carecem de nuances:

Kierkegaard e Nietzsche oferecem testemunhos carregados de ambivalências, ao passo que Foucault e Rancière afirmam mais nitidamente uma e outra possibilidade de leitura. Se para Foucault visitar Sócrates e a sua morte é um dever para todo professor de filosofia e uma inspiração para uma estética contemporânea da existência, para Rancière, ao contrário, a maneira como a figura socrática traça uma linha da impossibilidade do ensino pode barrar uma reflexão radical sobre as determinações históricas do ato de ensinar. Se para Foucault, Sócrates é um modelo de vida, para Rancière é um antimodelo de intelectual.

Neste epílogo, tentaremos recuperar aspectos de uma e outra leitura para compor nosso quadro. Não se trata de encontrar o verdadeiro Sócrates ou uma síntese de sua figura, pegando um elemento daqui e outro de lá, mas de pensar, com as extravagâncias e tensões irresolúveis que sua figura proporciona, o problema de uma educação filosófica, tal como foi delimitado na Apresentação deste livro. Apresentaremos a maneira como Jacques Derrida lê Sócrates e Platão. Não seremos exaustivos. Recuperaremos alguns elementos retirados da leitura do argelino para recriar, no presente, o sentido de ensinar filosofia.

Este epílogo está dividido em seções. Em "Um cartão-postal", veremos a inversão que o filósofo argelino opera em *La carte postale*, a partir de um cartão medieval, no qual Platão dita e Sócrates copia; em "Duplicidade do *phármakon*", estudaremos a análise que Derrida faz, com base em *Fedro*, da crítica socrático-platônica da escrita; em "Farmácia da diferença", examinaremos o dispositivo platônico que relega a escrita ao valor de cópia e simulacro e impede que se veja a estrutura profunda, segundo a qual a escrita é também o diferir da diferença, o outro do ser, que tem um lugar fundamental na ontologia de Platão; em "Um estrangeiro hospitaleiro", analisaremos o valor das diversas formas de estrangeiridade nos *diálogos*, inclusive o modo pelo qual Sócrates se apresenta como estrangeiro; em "Receptáculo infinito", ocupar-nos-emos da escrita discursiva do *Timeu* de Platão, em que Sócrates ocupa um lugar enigmático: sem que ele mesmo seja capaz de falar, dá aos seus interlocutores a possibilidade de falar; finalmente, em "Outro Sócrates?", apresentamos o infinito aberto sob o nome de Sócrates como uma perspectiva para pensar a posição de um professor de filosofia.

Um cartão-postal

O testemunho de Derrida sobre Sócrates (e Platão, já que, segundo veremos, para o argelino, eles se configuram como uma dupla inseparável) está disseminado em vários textos. Em um deles, J. Derrida dá forma de livro a uma série de cartas escritas entre 1977 e 1979. São cartas pessoais, de amor, que formam parte de um projeto de pensar a psicanálise freudiana, teorizando-a com base na lógica do envio, do postar, da destinação. Logo no início do livro (publicado em 1980), aparece, entre as tais cartas pessoais de Derrida, um cartão-postal do século XIII, que Derrida encontrou na Biblioteca Bodleiana de Oxford, obra de Matthew Paris, monge medieval.[44] O cartão mostra Sócrates sentado, agachado, escrevendo, e Platão atrás, menor, de pé, quase no ar, apoiado em um só pé, com o dedo indicador apontado para o alto, justamente indicando, dando uma ordem, assinalando o caminho. Sócrates, de costas para Platão, vê apenas seu indicador e escreve com as duas mãos (ainda que permaneça um tanto ambíguo de que corpo uma delas se origina). Na verdade, Sócrates escreve sem ainda escrever, já que não escreveu nada na tela que está à sua frente; quem sabe esteja se preparando, introduzindo a pena no tinteiro, em posição de quem vai começar a escrever, talvez, o que Platão lhe ditará. Parece que, como Sócrates está com as pernas afastadas, a beira da capa passa por entre suas pernas, algo que Derrida, delirando, identifica com uma espada e o pênis ereto de Platão que atravessa a cadeira e Sócrates.

---

[44] Oxford, Bodleian Library, ms. Ashmole 304, fol 31v°.

O nome 'Sócrates' está escrito em letra maiúscula sobre sua figura, 'plato' está na mesma posição (sobre o desenho de Platão), mas em minúscula, com um ponto sobrepondo o 'p' inicial, sem o "ão" final e sem os acentos de nossas línguas. A cena deixa Derrida completamente alucinado. Pergunta-se sobre o sentido principal da operação que o comove totalmente, Sócrates escrevendo, e Platão lhe ditando: poderia tratar-se simplesmente de um erro, de alguém que inverteu os nomes e colocou o de Sócrates onde estava o de Platão e vice-versa? Poderia... mas não, o cartão faz Derrida delirar obscenamente e parece mostrar o que ele sempre buscou: o negativo de uma fotografia que esperou vinte e cinco séculos para ser revelada.[45]

Com efeito, Derrida encontra nesse cartão-postal inspiração para reinventar a relação entre Sócrates e Platão, para inverter a pretensão, entre outros, do próprio Nietzsche de salvar o "divino Platão" de Sócrates. Ao contrário, o cartão sugere que Platão é o culpado de tudo, aquele que inventou Sócrates, e não o contrário. "O primeiro secretário do partido platônico foi o camarada Sócrates" (1980, p. 44) e, sobre essa genealogia, teria que se reconstruir toda a história da filosofia. Sócrates é o escriba de Platão, quem inventou tudo; em primeiro lugar, o próprio Sócrates como seu mestre, para dessa maneira se instituir como principiador. Platão ditou a Sócrates todos os *diálogos*. Certamente, o personagem

---

[45] Em um livro escrito juntamente com Geoffrey Bennington (*Jacques Derrida*), inclui-se uma fotografia na qual se busca repetir, de outro modo, a imagem do cartão-postal. Derrida aparece na imagem sentado com suas mãos apoiadas em cima do teclado, e Bennington às suas costas, de pé, como o dedo indicador apontando para a tela do computador. No escritório, vê-se o cartão-postal original. A fotografia, tirada em *Ris Oranges*, tem a seguinte legenda: "pretexto disfarçado para inscrever nele minha própria assinatura, no seu dorso" (Geoffrey Bennington, *Jacques Derrida*, Paris, Les contemporains/Seuil, 1991, p. 218). Este livro é composto de um texto de Bennington, "Derridabase", que ocupa os dois terços superiores de cada página e um texto de Derrida, "Circumfession", no terço inferior. Comentando essa fotografia, Derrida afirma que ali se trata de uma provocação que desloca a estranheza da cena para os tempos modernos (cf. J. Derrida, "Entretien avec Béatrice et Louis Seguin", *La quinzaine littéraire*, n. 698, agosto, 1996, p. 4).

ganhou demasiada fama e eclipsou, em parte, o próprio criador. Mas mesmo esse detalhe fala mais da criação de Platão do que de Sócrates.

Assim, o cartão-postal realizaria o sonho – nosso pesadelo? – de Platão: fazer com que Sócrates escreva, e assim reproduziria o que seu mestre lhe dita. Ali, Platão ensina Sócrates a escrever, é o pai de seu pai, e avô de si mesmo. Platão nada escreveu. Tudo foi escrito por Sócrates, mas a mando de Platão. Em primeiro lugar, o testamento que o converte em seu primeiro legatário. A trama já está contida na *Carta* II: não há obra de Platão e não haverá. Os textos que circulam sob seu nome pertencem a um Sócrates belo e jovem. O autor dessa carta pede a Dionísio que a queime, após guardar sua confissão na memória. Pouco importa o delírio filológico da suposta falta de autenticidade das cartas que Derrida descreve ironicamente (p. 92 ss.). Conta mais o delírio filosófico da criação platônica e da escrita que dela se deriva.

Em todo caso, o cartão-postal potencia o mistério de uma relação, de um nascimento: "Estes dois ainda são o enigma absoluto" (p. 56). O que Nietzsche não viu é que o problema não está *apenas*, nem sequer *sobretudo*, em Sócrates; tampouco se deve pensar que o problema está *apenas* em Platão; o problema está *sobretudo* na dupla, na relação entre eles, a dupla produção, como diz Derrida claramente:

> Eu vou novamente enfiar um cartão de Oxford nesta carta, para que você fareje algo nela, adivinhe. Talvez por causa da insônia, sinto ambos tão diabólicos e ameaçadores. Não assim no ar, anunciando-me a pior notícia ou me perseguindo na justiça, abrindo um processo sobre minha traição inominável. Um par desemparelhado de dois avôs terríveis. Barbudos e bifurcados. Olhe os pés, corto-os na altura do pescoço e os colo aqui, diríamos um único pé bifurcado, a cada vez. E os três olhos como pontos fixos. Eles causam medo e têm medo. Estão aterrorizados por sua própria conjuração. Medo de nós, um do outro. O diabo são eles, ele, o casal Platão/Sócrates,

divisível e indivisível, sua interminável partição, o contrato os liga a nós até o final dos tempos. Você está lá, veja a cena, tome o lugar deles, S. assinando o contrato que p. lhe dita após uma noite em claro, com o qual você fará o que quiser, ele lhe vende ou lhe aluga seu demônio e o outro, em troca, se introduz em seus livros, em suas cartas, *and so on*, a dar seguimento. E assim, sem o menor saber, eles predizem o futuro como reis. Não, eles não o predizem, eles o pré-formam e isto é um jornal ilustrado, um jornal ilustrado que você poderá comprar em todos os quiosques, em todas as livrarias de estação de trem enquanto houver trens e jornais. Haverá sempre novos episódios. Um jornal ilustrado e performático que nunca acaba. Este casal de conspiradores, um que raspa e finge escrever no lugar do outro que escreve e finge raspar, me espantará sempre. Investindo um enorme capital de dinheiro falso, eles fazem os mapas de uma gigantesca rede de autoestrada, com etapas de aviões ou de trens com leitos (sobretudo vagões, ah sim vagões-leito, em qualquer lugar você os lê dormindo, você lê "agence-Cook" de Oxford a Atenas e volta, via este quarto, este outro vagão-leito onde Ernst brinca com o carretel e Sigmund sonha com o trem) um sistema de telecomunicações totalmente informatizado, recepcionistas uniformizadas em toda parte. Qualquer que seja o trajeto tomado (nada se dá), e desde que você abre a boca, mesmo se você fechá-la, é preciso passar por eles, pagar o pedágio ou pagar uma taxa. Você tem sempre que saldar a dívida de um imposto. Eles estão mortos, estes dois cães e, contudo, eles passam no caixa, reinvestem, estendem seu império com uma arrogância que não lhes perdoaremos nunca. Eles não, eles estão mortos, mas o fantasma deles retorna à noite para fazer as contas, em nome deles. É o nome que retorna ("os nomes são assombrações" e evidentemente você não saberá nunca, quando pronuncio ou escrevo seus nomes, desses dois cães, se falo deles ou de seus nomes (Derrida, 1980, p. 107-108)).

Derrida fala a língua de Platão e de Sócrates. Usa suas metáforas: o pai, o pai do pai, o avô. São avôs terríveis, decerto, mas, afinal, avôs. Além disso, se há avôs, significa não apenas que há pais, filhos e netos, mas também bisavôs e tataravôs e, assim, poderíamos seguir nos remontando até um início tão deslocado quanto longínquo. A metáfora familiar povoa os *diálogos*. Sócrates é filho das leis no *Críton*; diz aos juízes que representa, para os atenienses, o papel de um pai (ou irmão mais velho) na *Apologia*; Lísias é o pai do *lógos*; e Theúth, o das letras no *Fedro*... Os exemplos poderiam ser multiplicados. Derrida repete a tradição, o fantasma. Introduz elementos de outros âmbitos: o religioso, com uma figura não platônica, o diabo, e o econômico, com um contrato ao mesmo tempo oneroso e inevitável. A remissão é tão múltipla e profunda que parece constitutiva, insuperável. O que nos une a "estes dois cães" é uma ordem jurídica, legal, normativa, a sociabilidade, a própria humanidade em última instância. O bestiário que povoa os *diálogos* (Sócrates é comparado, segundo vimos, a um peixe elétrico, um tavão, entre outros animais) passa a incluir agora um animal... doméstico. Sim, evidentemente, o uso da palavra "cão" (*chien*) é uma metáfora, mas poderia não ser? Por seu uso, esses cães não parecem se aproximar dos guardiões da *República*. Os novos cargos não parecem tão novos: mercantilização, arrogância, moeda falsa, adivinhação. Contudo, há sim uma nova acusação, ou pelo menos um novo domínio onde atuariam esses mafiosos: "Um que raspa e finge escrever no lugar do outro que escreve e finge raspar". O que eles afetam é nada menos que a escrita. É nesse campo que Derrida realiza sua leitura mais aguda de nossos avôs.

Duplicidade do *phármakon*

Essa crítica está desenvolvida em detalhe na "Farmácia de Platão", texto publicado pela primeira vez em 1968.[46] Neste

---

[46] Em *Tel Quel*, n. 32-33. Reimpresso em: PLATON. *Phèdre*. Paris: GF-Flamarion, 2000, p. 255-403.

trabalho, a atenção recai principalmente sobre o *Fedro* e sua crítica à escrita. Derrida mostra como, nessa obra, *phármakon* não é um detalhe, mas um sentido que atravessa a conversa desde o início. O diálogo nasce quando Fedro, que acaba de escutar um discurso que concerne a Sócrates, uma vez que versa sobre as coisas do amor, conduz-lhe, como a um estrangeiro, a um lugar debaixo de um plátano, fora dos muros da cidade, onde lhe lerá o discurso de Lísias. Fedro guarda esse discurso escondido e com ele seduz Sócrates. No percurso, Sócrates e Fedro conversam sobre alguns mitos que povoam o lugar e sobretudo falam do próprio Sócrates. É interessante o modo pelo qual ambos o caracterizam: em certo sentido, ele não é capaz de conhecer-se a si mesmo, segundo a inscrição de Delfos (*ou dýnamaí po katà tò Delphikòn grámma gnômai emautón,* 229e-230a); mas, ao mesmo tempo, não investiga outra coisa a não ser a si mesmo (*skopô ou taûta all' emautón,* 230a); mostra-se como alguém muito estranho, o mais fora de lugar (*atopótatos tis,* 230c), alguém que se comporta como estrangeiro sendo conduzido (*xenagouménoi tini,* 230c), um amante do aprender (*philomathès,* 230d), um cidadão que só sai da cidade graças a um *phármakon,* como o usado por Fedro, tal qual um imã para tirá-lo de Atenas: o *phármakon* são os discursos em papiros (*lógous ... en biblíois,* 230 d-e), palavras enroladas, envolvidas, diferidas, diz Derrida, que se fazem esperar e desejar (2000, p. 266).

Sob o plátano, Sócrates se recosta para escutar a leitura do *phármakon,* da droga. Esta palavra grega, *phármakon,* como bem faz notar Derrida, tem o duplo sentido de veneno e remédio, uma única palavra para dar a vida e para dar a morte.[47] No fim do diálogo (274 c ss.), Sócrates introduz uma antiga tradição oral sobre a origem da escrita. Para Derrida, a passagem tem o valor de um suplemento (2000, p. 269), pois Sócrates reconhece que, em relação aos discursos (*lógon péri,* 274b), já se disse o suficiente e, no entanto, em seguida,

---

[47] *Phármakon* significa também alucinógeno, bebida encantadora e também a tinta utilizada pelos pintores.

afirma que é necessário saber sobre a escrita (*graphês péri*), se essa é conveniente ou não. Acréscimo posterior, suplemento, divertimento ou também contraposição entre *lógos* e *graphé*, o relato introduz as letras como uma das artes – junto a outras, como o número, o cálculo, a geometria e a astronomia – que um deus egípcio, Theuth, ofereceu a Thamus, então rei de todos os egípcios. As letras foram apresentadas pelo deus como um saber (*máthema*) que os faria mais sábios e aumentaria a memória dos egípcios como a "droga da memória e do saber" (*mnémes te gàr kai sophías phármakon*, 274e). O rei responde que o deus, como o pai das letras, ainda que bem intencionado, disse o contrário do poder das letras: elas produzirão o esquecimento nas almas daqueles que as aprendem precisamente por negligência de sua memória; as letras são uma droga não para a memória, mas sim para a rememoração (*mnémes allá hypomnéseos phármakon*, 275a), aparência de saber e não verdadeiro saber, formarão ignorantes, com uma suposta sabedoria enganosa. Sustenta que se engana o que crê que as palavras escritas (*lógous gegramménous*, 275 d) podem fazer algo mais que rememorar quem já sabe sobre o escrito.

A escrita é terrível, como a pintura, já que parece viva, mas, se for interrogada, permanece em silêncio. As palavras [escritas] parecem falar como se pensassem, mas, se lhes fizermos uma pergunta querendo aprender algo sobre o que dizem, significam apenas algo único, sempre o mesmo (*hén ti semmnaínei mónon tautón geî*, 275d). De mais a mais, uma vez escrita, a palavra circula por todo lado, entre aqueles que a entendem e aqueles que não. Quando é atacada, precisa de seu pai, visto que não pode defender-se por si mesma (275e). Contraposta à arte das letras, como sua "legítima irmã" (*adelphòn gnésion*, 276a), a dialética, discurso vivo e animado que se escreve na alma de quem aprende, é capaz de defender-se a si mesma e sabe falar ou calar quando necessário. Perante a dialética, a escrita é uma imagem (*eídolon*, 276a, "simulacro", traduz Derrida), tal como uma criança órfã: incapaz de defender-se por si mesma, acaba por sofrer os efeitos do abandono quando seu pai-escritor não está próximo. A imagem de um agricultor ajuda, com uma nova analogia, a perceber alguns desdobramentos da cena: assim como um agricultor sensato (*noûn ékhon*, 276b) só esperaria seriamente os frutos de suas sementes (*spérmata*, 276b) no tempo ditado pela arte da agricultura e só recolheria os frutos em outros tempos por diversão (*paidiâs*), quem é sabedor das coisas justas, belas e boas não escreveria seriamente em água ou em tinta com palavras incapazes de ser auxiliadas pelo *lógos* e de ensinar adequadamente o verdadeiro (*metà lógon adynáton mèn hautoîs lógoi boetheîn, adynáton dè hikanôs talethêi didáxai*, 274c), a não ser por pura diversão, como lembrete para si mesmo e para os que o acompanharam. No entanto, quando se ocupa seriamente dessas coisas, vale-se da arte dialética, plantando na alma receptiva discursos com saber (*met' epistêmes lógous*, 276e), capazes de defenderem-se a si mesmos e a seu semeador e capazes de semear, em outros aquilo, sempre imortal, que faz feliz a quem o possui (277a).

Derrida comenta a passagem: como os sofistas, Platão defende a memória (*mnéme*), mas erige como seu inimigo os suportes de que ela se vale (*hypómnesis*), resistindo a substituir a vitalidade da memória pela passividade de um signo. Há, nessa passagem do *Fedro*, uma série de oposições (vivo/não vivo; interior/exterior; ativo/passivo) diante das quais, Platão sempre toma partido do primeiro termo: sonha com uma memória sem suporte, sem signo, sem suplemento (2000, p. 312) que fosse absolutamente dona de suas lembranças e de sua atividade de recordar; o suplemento, o apoio à memória, introduz uma fissura no ser; essa não é a fissura do não ser, mas sim de um ser híbrido, uma cópia, algo que não pode ser pensado segundo a lógica binária do ser e do não ser, uma rachadura na inelegibilidade do que é, um desdobramento desnecessário e perigoso da voz, um sintoma externo e debilitado da vitalidade da alma, uma droga (*phármakon*) sedutora que debilita a fortaleza e a integridade da memória e os significados que nela habitam. O *lógos*, como ser vivo, sofre a invasão externa de um parasita, de um meio-irmão órfão, de uma sobra, de um acréscimo que não faz outra coisa senão corroê-lo. É preciso expulsar tal suplemento indesejável, devolvê-lo ao seu lugar, extirpar o parasita, o filho ilegítimo, para limpar a família. Assim, a crítica de Platão à escrita acaba se tornando também uma crítica contra quem defende a *hypómnesis*, forma da exterioridade, da imitação, da representação, do significante diante da *mnéme*, interioridade, autenticidade, presença e significação plenas do ser. A dialética é o caminho da cura.[48]

Contudo, a escrita não é inteiramente exterioridade. Ao menos como metáfora, a irmã nobre também é chamada de escrita. Há, então, uma boa escrita e uma má: a irmã nobre funciona metaforicamente como escrita, um rastro fecundo, suporte instalado no próprio interior da verdade que ela narra; a outra, ao contrário, desvia irremediavelmente seu leitor; por um lado, a repetição verdadeira que mostra e apresenta o que é e, por outro, a repetição que oculta e desvia seus leitores; a que apresenta o ser na memória viva e a que repete um suporte morto, repetição nula, simulacro, vazio de ser pleno. Curiosamente, a primeira só pode ser descrita com a metáfora da segunda: a legítima é narrada a partir da marca, impressão ou inscrição da bastarda. De certo modo, em um nível metafórico, a oposição não se dá entre dialética e escrita, entre palavra falada e escrita, e sim entre uma escrita a serviço da dialética e outra escrita puramente mimética. Assim como há uma boa e uma má retórica e uma dupla dialética, também há uma dupla escrita. Não poderia ser de outra maneira, já que, como *phármakon*, a escrita não teria como ser algo simples, de uma forma única. Seria sempre pelo menos um duplo. De modo que, em vez de uma

---

[48] Não podemos entrar aqui no complexo significado da dialética em Platão, ora distinguida entre "dialética ascendente e descendente", ora diferenciada em um uso puro ou impuro e que aqui parece referir-se ao seu "sentido estrito", tal como é mostrado na "linha dividida" na *República* VI.

condenação da escrita, o *Fedro* afirma, metaforicamente, a preferência de uma escrita a outra, uma que se caracteriza como marca, rastro, inscrição, semente fecunda diante de outra estéril, ativa diante de outra passiva, fiel ao invés de traidora. Desta maneira, afirma também uma metáfora e um lugar para a metáfora naquilo que até hoje chamamos de "filosofia".

Na farmácia de Platão, Sócrates é o farmacêutico, *pharmakeûs*, quem propícia o *phármakos*. Por isso, parece-se tanto com um bruxo, um mago, um encantador. Assim é retratado, por exemplo, o *Éros* no *Banquete* (203 ss.), *daímon*, ser intermédio que passa a vida inteira filosofando (*philosophôn dià pantòs toû bíou*, 203d), nem mortal (ser humano), nem imortal (deus), feiticeiro terrível, bruxo e sofista (*deinòs góes kaì pharmakeús kaì sophistés*, 203d-e). São muitas as passagens de *diálogos* de Platão em que Sócrates é colocado nessa função, inclusive por Agatão no próprio *Banquete* (194a). Em uma passagem do *Mênon*, Mênon acusa Sócrates de tê-lo enfeitiçado e drogado (*geoteúeis me kaì pharmátteis*, 80a). No *Cármides*, Sócrates é apresentado por Crítias como conhecedor da droga (*ho tò phármakon epistámenos*, 155c) que poderá curar a dor de cabeça de Cármides ("cuidar da alma com algumas poções", *epoidaîs tisin*, 157a). No *Teeteto*, na famosa passagem em que Sócrates diz ter a mesma arte da sua mãe, a parteira Fenareta, também afirma que as parteiras, por meio de drogas (*pharmakía*, 149c) e poções, são capazes de provocar ou aliviar dores de parto, parir ou abortar partos difíceis. As parteiras são mulheres que pariram – não se poderia ajudar a realizar algo que nunca se experimentou – mas já não podem mais parir, tornaram-se estéreis. O mesmo vale, diz Sócrates, para a sua arte de dar à luz: ele mesmo já é estéril, com a diferença de que faz os homens e não as mulheres dar à luz, examinando as almas, mas não os corpos que dão à luz (150b). O mais importante da arte de Sócrates é sua capacidade, potência, para ser, de qualquer forma, uma pedra de toque (*basanízein dynatòn eînai pantì trópoi*, 150c) para o pensamento do jovem, alguém que pondera se dá à luz a uma imagem e a uma mentira ou a algo fecundo e verdadeiro (*eídolon kaì pseudos...gónimon te kaì alethés*, 150c). Como as parteiras, ele é infértil de saber (*ágonos eimi sophías*, 150c), já não pode engendrar o que faz dar à luz em outros. Também como as parteiras, ele deve ter sido capaz de dar à luz em outras épocas.

Esse Sócrates parteiro cumpre a função de pai do *lógos* nos *diálogos*, é o seu suplente, seu substituto, o representante. Seu papel e sua missão vêm sempre de uma palavra falada: a do oráculo, ouvida por seu amigo Querofonte, a da voz demoníaca que irrompe para que não faça o que está a ponto de fazer, de uma narrativa antiga ouvida... Ao condenar a escrita no *Fedro*, como um filho órfão ou parricida, Platão ao mesmo tempo repara e confirma a morte de Sócrates, como um parricida sentenciando "a esterilidade do esperma socrático abandonado a si mesmo" (2000, p. 366). O que está em jogo não é a pessoa de Sócrates, sua morte física, mas uma posição em relação ao *lógos*. Por um lado, condenando a escrita, Platão repararia a condenação (escrita!: *graphé*) do homem que não escreve, do filho legítimo do *lógos* que não descansa em sua missão divina; por outro, condena a posição passiva, estéril em relação ao *lógos*, que Sócrates ocuparia e confirma, entre outros lugares, no relato de si no *Teeteto*.

Em grego, existe uma palavra da mesma família (outra vez!) de *phármakon* que significa bruxo, mago, envenenador: *phármakos* sinônimo de *pharmakeûs*. Platão não a utiliza; mas essa palavra revela, no âmbito da *pólis*, a tensão entre o interior e o exterior: representa o mal introjetado socialmente, que deve ser sacrificado quando a própria comunidade está ameaçada. A cerimônia de purificação era repetida todos os anos em Atenas... o dia do nascimento de Sócrates, o sexto dia das Targélias! Demasiada coincidência para um leitor como Derrida. Assim, mesmo que, ao escrever "A farmácia de Platão", não tivesse ainda encontrado aquele cartão-postal de Oxford, o argelino vê nesse acaso um sinal para ler uma expurgação de Sócrates nos *diálogos*: desse modo, a condenação da escrita escrita por Platão pela boca de Sócrates é uma confirmação da morte de Sócrates, do pai da filosofia de Platão, mas também e sobretudo uma morte metafórica de uma relação com a palavra.

Farmácia da diferença

Derrida se pergunta pela lei geral que explica o jogo de Platão de criticar ferozmente a escrita por escrito: por que subordinando e condenando a escrita e o jogo, Platão escreveu tanto, apresentando *a partir da morte* de Sócrates, seus escritos como jogos, e *acusando* o escrito no escrito, portando contra ele essa acusação (*graphé*) que nunca deixou de ressoar até nós? (2000, p. 371). Outra vez o *phármakon* e seu duplo significado. Ao que parece, se o tratamento pretende ser plenamente terapêutico, a escrita *deve* servir para expurgar-se a si mesma, a uma de suas formas; o *lógos* deve ser curado do parasita da escrita... por escrito. Essa é a ousadia e o risco da aventura de Platão, pois não há ciência, *epistéme*, do *phármakon*, sua essência é não ter uma essência estável, mas é "o movimento, o lugar e o jogo (a produção) da diferença" (2000, p. 335). O *phármakon* é, por um lado, uma reserva inescrutável – "fundo sem fundo" – da diferença que, por outro lado, "produz" as diferenças de opostos e todas as outras diferenças, algo como o diferir da diferença.[49] Assim, o *phármakon* se converte de droga curadora do *lógos* no próprio veneno do platonismo: todo o jogo de oposições do qual Platão deriva e classifica a escrita (gráfica) como *phármakon* é, na verdade, possível apenas a partir do *phármakon* da escrita ("arquiescrita", qualquer inscrição em geral): a escrita (gráfica) é uma droga de uma farmácia já escrita (na

---

[49] Derrida diz que o *phármakon* é a "*différance* de la *différence*" (2000, p. 335). Sobre o conceito de *différance*, ver a conferência "La différance", pronunciada na Société Française de Philosophie, em 27 de janeiro de 1968, e publicada simultaneamente no *Bulletin de la société française de philosophie* (juillet-septembre 1968) e na *Théorie d'ensemble (?ensemble?)* (coll. Tel Quel), Ed. du Seuil, 1968.

arquiescrita); a escrita, em seu sentido mais amplo, é uma droga "anterior" à produção das drogas escritas ou faladas, exaltadas por Platão diante daquelas.

O problema não é Platão. Derrida vê ali um movimento necessário na história da filosofia ou da *epistéme* que se repete depois com Rousseau e Saussure, composto de três elementos: 1. uma escrita geral; 2. uma contraditória afirmação escrita do fonocentrismo; 3. a construção de uma obra literária. Expulsa-se a escrita, e, ao mesmo tempo, seus recursos são aproveitados.

Derrida oferece uma série de exemplos – na *República*, no *Timeu*, no *Político* e no *Filebo* – nos quais Platão se vale das letras como uma metáfora para explicar a dialética. Mesmo que esses exemplos pareçam meramente didáticos e ilustrativos, eles expressam a necessidade de fazer aparecer a lei ou o princípio da diferença, como uma diferença irredutível, a alteridade radical do sistema. Nesses casos, Platão sempre recorre ao mesmo exemplo, o das letras.

Assim, a escrita é, nos *diálogos*, o "jogo do outro no ser" (2000, p. 379). Há escrita porque há parricídio, porque o ser não pode ser uno, porque o ser não é presença plena e absoluta. O parricida nos *diálogos* é um estrangeiro anônimo, ou seja, o mais sem lugar e sem nome possível, porque apenas nessa condição, própria de uma loucura, *manía*, é possível atacar o *lógos* paterno (no plural, *toi patrikôi lógoi*, *Sofista* 242a). O platonismo montou esse enorme dispositivo de suplemento, de suplência, do ser absoluto, do Bem supremo, deste ser que está além de sua essência (*epékeina tês ousías*, segundo a fórmula da *República* VII), junto a um formidável esforço para suplantá-lo: a dialética ocupa o lugar da *nóesis* (*nóesis* impossível, diz Derrida, em tensão com a *República* VI); a escrita está no lugar da dialética; nos *diálogos* escritos, Sócrates supre o *lógos*. O estrangeiro anônimo faz a única coisa que Sócrates não poderia fazer, a partir da qual pode fazer tudo o que faz e pela qual também deve morrer na farmácia: matar o ser como pura presença, como uma forma única; dar, afinal, existência ao ser; tornar pensável o impensável, isto é, introduzir no ser puro a diferença.

A conclusão parece irônica: o platonismo deposita seu sentido naquilo que torna possível o ser: a *différance*, a dobra do ser, sua impossibilidade como pura presença; o ser só pode ser se se dobrar, se for repetido pelo que não é, pelo simulacro, pelo fantasma; o ser só pode ser ao se escrever e ao se inscrever nessa estrutura da repetição suplementar de uma unidade impossível. Só há ser – e verdade – porque há repetição. Nessa estrutura, para dissimulá-la, Platão monta a farmácia: a repetição seria dupla: uma boa e uma má: dialética, memória, *anámnesis*, de um lado; escrita, suporte, mimese, do outro. No interior de cada um deles, outra repetição: a dialética boa e a má, a escrita boa e a má. Contudo, não há como separar as repetições, as duas caras do *phármakon*, o verdadeiro do falso, um e outro são o reverso de uma mesma lógica do suplemento.

Esse é o contrato que nos ata "até o fim dos tempos" a Sócrates e a Platão. Em sua farmácia fonocêntrica, uma metafísica da escrita fonética afirma o pretenso privilégio da voz sobre a palavra escrita, a suposta maior proximidade do *lógos*, expressa como presença. Ante a história da metafísica, Derrida opõe a ciência da escrita, a *gramatologia*. A oposição não é dialética, não há superação possível; esta não vem para superar aquela, mas de alguma maneira sempre esteve vigente, mesmo que condicionada por seus pressupostos. Tratar-se-ia de inverter as hierarquias, de reelaborar os conceitos, de mostrar a primazia "ontológica" da escrita sobre a voz contra a pretensão logocêntrica que rebaixa a escrita. Não há palavra nem signo antes de haver escrita em seu sentido mais amplo de inscrição.

Desta forma, "A farmácia de Platão" é um texto político. O é num sentido mais evidente, porque a crítica de Platão à escrita é também uma crítica à democracia, posto que aquela é essencialmente democrática. Indiscutivelmente, a escrita aumenta o número de interlocutores, amplia a circulação da palavra. Qualquer um pode comprar por um pequeno valor o livro de Anaxágoras, diz Sócrates na *Apologia* (26d-e). A escrita reconstitui as condições para o exercício da palavra na *pólis*, a favor daqueles com menos tempo livre. Poder-se-ia, então, depreender da crítica de Derrida à crítica platônica uma defesa da democracia, certa afirmação do impacto democratizador da escrita que estaria na base da hostilidade de Platão à escrita. Mas "A farmácia de Platão" é um texto político em outro sentido, talvez mais intenso. Derrida mostra como no *Fedro* (desde 274 ss.), o problema da escrita se coloca em termos morais e do impacto social e político do seu uso: a questão é se é ou não conveniente, decente ou indecente (*euprepeía, aprepeía*), escrever. Ocorre igualmente com os temas que ela traz consigo, a verdade, a memória, a dialética. A condenação de Sócrates e Platão à escrita, o modo como seu nascimento é mostrado como parente (outra vez a família!) de uma história narrada e confrontado ao *lógos* e à dialética, é, no fundo, uma condenação moral e política e, nesse mesmo registro, inscreve-se a desconstrução que opera Derrida na "Farmácia de Platão". Nesse sentido, trata-se de uma afirmação política da escrita e, com ela, da diferença irredutível (o diferir) que está na base de todas as diferenças e do próprio ser como presença.

Um estrangeiro hospitaleiro

Em um curso dos anos 1995/6, Derrida convoca Sócrates de maneira particular. O contexto é interessante: um curso sobre a hospitalidade, uma seção dedicada ao estrangeiro. De certo modo, o estrangeiro é como um sofista: um extravagante, alguém que não fala como os demais. Nesse mesmo sentido, ele é, de certo modo, um filósofo: o primeiro a perguntar; o primeiro a ser perguntado; mas não apenas isso, o estrangeiro coloca em questão o ser mesmo da pergunta, o porquê se perguntar o que se pergunta, ou o porquê não perguntar o que não se pergunta. O estrangeiro pergunta sobre as possibilidades e as condições de uma pergunta.

No marco de algumas leituras preliminares evocadas para pensar a hospitalidade, Derrida lembra "alguns lugares que acreditamos familiares" (1997, p. 11). Já o sabemos: com os gregos sempre estamos em família. Há algo mais, talvez: Platão é um estrangeiro na Sicília, onde vai colocar em prática a sua política; Derrida é argelino, vive em Paris, mas viaja com frequência ao estrangeiro; os *diálogos* estão saturados de estrangeiros: além do Estrangeiro dos últimos *diálogos*, muitos outros povoam inclusive os primeiros: Trasímaco, Hípias, Céfalo (dois com esse nome, o da *República* e também o do *Parmêmides*), Protágoras.... Claro que não se trata apenas de pessoas, mas de espaços. Há muitas outras formas de "estrangeiridade" nos *diálogos*: nos títulos, em particular nos chamados *diálogos* socráticos, pela presença de nomes estrangeiros pela terra, pelo nome e pelo pensamento; na figura de Platão, que parece estar em outra terra nos dois únicos textos em que aparece mencionado: na *Apologia*, como fiador de uma eventual multa (38b),[50] e na cena da última conversa no *Fédon*, povoada de estrangeiros, na qual Platão é mencionado para dizer por que está ausente ("estava doente, creio", *Fédon*, 59b); em uma comunidade estrangeira explícita ou implicitamente em relação à própria (os persas e os espartanos para falar de educação no *Alcibíades* I, Esparta na *República* e Creta nas *Leis* para falar da *politéia*; Atlântida como potência guerreira no *Timeu*).

São múltiplas as figuras estrangeiras nos textos de Platão. Em todo caso, nessa lembrança de Derrida, a família vive, como quase sempre, também nos *diálogos*. Primeiramente, o estrangeiro do *Sofista*. Derrida rememora o que havíamos lido: é um estrangeiro de Eléia sem nome, filósofo, que coloca em questão – e refuta – a tese do pai Parmênides. Não é possível que o ser seja puro ser e que o não ser seja puro não ser. O ser também alberga algo de não ser, e o não ser, de alguma maneira, é. A tese é revolucionária e a refutação, claro, não é aceita pacificamente, mas deriva de uma batalha

---

[50] É mencionado também, de passagem, como irmão de Aristón, *Apologia* 34a.

nos discursos (*diamakhetéon en toîs lógois*, 241d). A luta é dura, exige cegueira e loucura. O resultado: um parricídio singular provocado por um filho estrangeiro do *lógos*. A família fica estremecida, mas o parricídio, contudo, é inevitável. No *Político*, lembra Derrida, também é um estrangeiro que pergunta e coloca o político em questão. É um mistério por que Platão não escreveu o anunciado *Filósofo*, que completaria a trilogia. Em todo caso, ali o estrangeiro teria colocado em questão o próprio filósofo, e essa ausência pode ter a ver com a dificuldade de escrever outra morte de Sócrates ou com o fato de a morte do sofista e do político de alguma maneira levarem consigo a do filósofo.

De todo modo, nos *diálogos*, o próprio Sócrates às vezes ocupa o lugar de um estrangeiro. Vimos até como ele se apresenta dessa maneira no *Fedro*. Mostrar-se como estrangeiro é um jogo – outra vez o jogo – de Sócrates, afirma Derrida, e, para ilustrar isso, relembra uma passagem da *Apologia de Sócrates*. É o próprio começo da defesa de Sócrates. Já a mencionamos. Sócrates no tribunal se declara completamente estrangeiro ao léxico desse lugar (*atekhnôs oûn xénos ékho tês entháde léxeos*, 17e). E, como tal, afirma que vai falar como costuma fazê-lo na ágora, junto aos vendedores, com as mesmas palavras (*dià tôn autôn lógon*, 17c) que os seus juízes ali já lhe ouviram falar. Solicita, então, aos juízes que permitam – como se ele realmente fosse um estrangeiro – falar com a voz (*phoné*) e da maneira como foi criado. Sócrates falará como fala sempre, como um filósofo, com a voz e o tom de um menino. De um estrangeiro, menino e filósofo, os juízes democráticos de Atenas não escutarão nada mais do que a verdade.

A sutileza de Sócrates, afirma Derrida, consiste em se queixar de não ser tratado nem sequer como estrangeiro (1997, p. 25); implicitamente, afirma que, sendo estrangeiro, ele pode falar uma língua que não seria aceita como ateniense. Em outras palavras, como estrangeiro, ele poderá ser o filósofo que, como ateniense, não pode ser. Acusado em uma língua que afirma não falar, apresentando-se como estrangeiro e falando como estrangeiro, exige uma consideração que, como ateniense, não recebeu.

Ainda como parte de suas observações preliminares, Derrida lembra outro "lugar comum" de Sócrates, outra situação em que ocupa o lugar de estrangeiro, naquela famosa prosopopeia das Leis (*Hoi Nómoi*) no *Críton* (49 ss.). Ali, Sócrates é colocado contra a parede ao considerar a possibilidade de escapar da prisão mediante algumas leis personificadas que fazem dessa situação o que tantas vezes Sócrates forja nos *diálogos*: perguntam sem perguntar perguntas retóricas, sem esperar outra resposta a não ser a única resposta considerada aceitável às suas perguntas. Perguntam para afirmar... uma reprimenda, uma reprovação, uma advertência, uma ameaça: "Se escapar da prisão, então...". "*As leis*" repreendem Sócrates de estar a ponto de violar um pacto pelo qual deu mostras de satisfação; insistem várias vezes que poderia ter ido para o estrangeiro quando lhe era lícito e não quis fazê-lo; seria, ao contrário, inaceitável que fizesse isso por uma condenação legítima: O que iria fazer agora em Tessália? De que se disfarçaria? O que sucederia com os seus filhos? Faria deles estrangeiros também? A estrangeiridade no *Críton* é uma espécie de castigo, de cuja ameaça "*As leis*" querem convencer Sócrates de que não escape. Assim, a hipotética conversa com "*As leis*" não mostra uma verdadeira conversa, mas o exercício de certo poder – moral e político – sobre o cidadão que considera a possibilidade de desobedecê-las. Outra vez a política vestida de moral.

No seu texto sobre a hospitalidade, Derrida não retorna mais a Sócrates senão para recordar as figuras de estrangeiro que exemplificava e para afirmar que o estrangeiro não é apenas aquele que se mantém no exterior de uma instituição (a sociedade, a família, a cidade), tampouco o totalmente outro, bárbaro absoluto, mas que a relação com o estrangeiro já está regulada pelo direito (1997, p. 67-69). Isso também seria mostrado por Sócrates, o estrangeiro com nome. Sócrates não é o estrangeiro anônimo do *Sofista* ou do *Político*. É um estrangeiro com direitos, um habitante identificado que firmou um pacto e pede, em sua defesa, o direito à hospitalidade de um estrangeiro para ser escutado na sua língua. A hospitalidade reclamada na *Apologia* e em outros *diálogos* não é absoluta, mas encerrada em um estado de direito.

Justamente entre dois extremos se move a hospitalidade segundo Derrida: Ela começa com a pergunta pelo nome a quem chega ou é absoluta, incondicional, sem pergunta e sem nome? Sua resposta é antinômica: está a lei incondicional da hospitalidade (entregar-se ao que chega sem condições nem contrapartidas) diante das leis da hospitalidade, dos deveres e direitos condicionados. Não há solução, não há dialética. Édipo e Antígona ilustram isso. À sua maneira, Sócrates também. Mesmo que não haja solução, o poder do estrangeiro se impõe (1997, p. 108 ss.). Ainda que todos sejam reféns de todos, o hóspede se torna refém de seu convidado: o anfitrião convida quem o convidara. O estrangeiro "se torna quem convida a quem convida, o dono de casa do anfitrião. O hóspede se torna hóspede do hóspede. O hóspede se torna anfitrião do anfitrião" (1997, p. 111). Aquele que vem de fora chega como um legislador a ditar a lei do lugar. Assim também na política. Outra vez Derrida "lembra", ainda que não o mencione, Sócrates na *Apologia*, Platão na Sicília, o estrangeiro do *Sofista*. Também o *Timeu*, como se verá a seguir.

Receptáculo infinito

Derrida também se refere a Sócrates em um texto que, em princípio, indicaria outra trajetória, *Khôra* (1993), o intraduzível receptáculo, matéria, espaço, do *Timeu* de Platão. Costuma-se interpretar esse *diálogo* em função de seu relato cosmológico. Derrida chama a atenção sobre certa lógica, que não pode ser simplesmente ignorada, para interpretar o que seria uma doutrina ou o pensamento físico ou metafísico de Platão. É demasiadamente gritante a estrutura do diálogo, essa série de relatos ficcionais que se sucedem, como uma espiral sem fim, em repetidos retrocessos ao tempo de um relato anterior; é excessivamente forte o começo do *diálogo* e a maneira como é apresentado o relato cosmológico para desconsiderá-lo e isolar do relato uma ou outra tese descontextualizada para falar de algo como "a filosofia platônica" ou "a física platônica". A temática é, desde o primeiro início, política. No começo dos começos, Sócrates lembra, com Hermócrates, Crítias e Timeu, o que foi conversado na *República.* Estas são as notas principais desta síntese inicial que Sócrates faz do próprio relato "do dia anterior", repassando, a pedido de Timeu, as questões tratadas para melhor recordá-las: os três grupos sociais e a função natural de cada um deles, as características da alma dos guardiões, sua educação, sua vida em comum sem posses, a aptidão das mulheres para as mesmas funções que os homens, a paternidade e a maternidade compartilhadas, o sorteio manipulado para proporcionar as melhores descendências e a expulsão dos filhos ineptos dos maus (17c-19a). Descritos os traços principais da organização política, Sócrates se declara incapaz de dar vida a essa cidade, de relatá-la com seus habitantes em movimento, o que significaria relatar suas lutas com outras cidades, a cidade guerreando com outras cidades, ou seja, o que daria vida à cidade é também o que traria morte: as guerras. Em todo caso, esses relatos também não poderiam ser feitos pela nação ou pela raça dos imitadores, a dos poetas, levando em conta tanto o lugar e as condições do seu nascimento quanto a sua educação; nem sequer a casta dos sofistas poderia fazer esses relatos, já que não tendo lugar fixo, dificilmente poderiam falar daqueles que são os que mais propriamente têm lugar, os que são, ao mesmo tempo, filósofos e políticos. Apenas aqueles que reúnem essas duas características, conclui Sócrates, ou seja, seus três interlocutores presentes, poderiam continuar o discurso (19b-20c). Derrida mostra o simulacro da apresentação de Sócrates. Ele, que se diz sem lugar, outorga o lugar da palavra aos que efetivamente têm lugar. Quem não fala instaura o direito de falar. Sócrates, aquele que não pode falar, dá legitimidade à palavra daqueles que já a possuiriam. Em sua estratégia, coloca de um lado os poetas, os imitadores e os sofistas; frente a eles, os políticos e filósofos. Ele situa-se junto aos primeiros, impotentes para dar vida à *pólis*. Dessa maneira, corre, desaparece, para não desaparecer, para permanecer como receptáculo de tudo o que se dirá adiante. Outra vez, Sócrates afirma-se no lugar de passividade. Pede, então, reciprocidade em nome da hospitalidade dos discursos (*tà tôn lógon xénia, Timeo,* 20c): ele expôs detalhadamente o que lhe solicitaram sobre a *politéia*; agora está mais disposto do que ninguém para receber os discursos que não pode pronunciar. Monta o jogo para ocupar um lugar e distribuir os outros lugares. Exige que o jogo se jogue dessa maneira, como ele o dispõe. Esse é o jogo de Sócrates. O anfitrião dita as regras para os hóspedes. Seus interlocutores as aceitam, é claro. Caso contrário, não haveria diálogo. Contudo, restam perguntas. Derrida as coloca insistentemente: quem fala quando Sócrates fala? E quem fala quando falam seus destinatários?

A continuação dos relatos no *Timeu* não dissipa as dúvidas, as aumenta. Crítias, que aceita a cobertura de Sócrates, narra um relato "estranho, mas absolutamente verdadeiro" (*atópou, pantápasí ge mèn aletho*û*s,* 20d), ouvido de seu avô Crítias – quando já estava muito velho (tinha 90 anos) e ele era ainda uma criança (10 anos) – sobre uma história que havia escutado de Sólon, apresentado como "o mais livre dos poetas". De acordo com esse relato, este teria transmitido ao seu avô outro relato que teria escutado de um sacerdote egípcio, segundo o qual Atenas teria sido a *pólis* mais poderosa antigamente, em um tempo em que os próprios atenienses não podem recordar por terem carecido da escrita durante vários séculos. Seriam, em outro tempo, os cidadãos reais de uma *pólis* equivalente à que Sócrates descrevera no dia anterior (26c-d), segundo confirmariam os relatos posteriores de Timeu e de Crítias. Mas o certo é que, no *Timeu*, Crítias não volta a tomar a palavra, e, no *Crítias*, a conversa se interrompe. Derrida vê algumas marcas (a referência elogiosa a Sólon como poeta depois de desqualificar os mesmos para falar de filósofos e políticos: poderia ficar nas mãos de um poeta o discurso sobre a filosofia e a política? O apelo à existência "real" da *pólis*; uma origem cada vez mais indefinida, distanciada, diferida do relato) como um suplemento de ironia. Interessa essa lógica do desdobramento segundo a qual cada discurso parece conter uma sucessão de outros discursos. O primeiro discurso, escrito, remete a uma origem não escrita que o antecede. O discurso é retomado sucessivas vezes até chegar a um começo anterior ao nascimento do universo. Será a vez de um novo discurso verossímil sobre *khôra*, receptáculo, mãe, ama de leite. É o discurso ao que se faz mais referência no *Timeu*, aquele que conteria a "cosmologia de Platão". Em todo caso, implicitamente, torna-se manifesto que a filosofia não pode falar diretamente do nascimento, da origem, do início. O relato verossímil não dissipa a inquietação, a pergunta permanece: a quem a filosofia deixa falar quando dá a palavra? Quem pode falar quando a filosofia estabelece as condições da fala?

Outro Sócrates?

Vimos algumas maneiras de ler Sócrates. Vale a pena repeti-lo: são exemplos pontuais, parciais, sem pretensão à generalidade. Não há, para além da própria lógica que agora apresentamos, um marco filosófico guiando a leitura dos capítulos anteriores: eles não são produto de uma leitura kierkegaardiana, nem nietzschiana, nem que siga nenhum dos autores aqui presentes. Nem sequer em cada caso poderíamos dizer que oferecemos uma figura unitária: não há aqui "o Sócrates de Kierkegaard", nem o de Foucault, de Nietzsche, de Rancière, ou de Derrida, nem cada apresentação é necessariamente fiel a esses autores: não é de todo ranceriano o Sócrates de Rancière que expusemos, nem derridiano o de Derrida, etc. Tampouco lemos esses pensadores de modo uniforme: em alguns casos, convocamos um trabalho e desconsideramos referências críticas do próprio autor a essa leitura; este é, claramente, o caso de Kierkegaard e de Foucault, em que nos concentramos em uma tese ou em um curso. O que esses autores afirmam de Sócrates está em franco conflito com o modo como eles mesmos leram Sócrates em diferentes trabalhos. Em outros casos, mesmo quando recorremos a diversas obras e momentos, tampouco pretendemos ter feito uma leitura global, acabada; este é, mais claramente, o caso de Nietzsche e o de Derrida. Seria por demais contraditório com o espírito de suas leituras.

Tampouco seguimos tratamento uniforme dos *diálogos* platônicos e de outros testemunhos sobre Sócrates. Em alguns casos, esses testemunhos serviram para ilustrar uma leitura contemporânea, em outros, para problematizá-la e, às vezes, para introduzir um aspecto ausente que nos importava pôr de manifesto. Em suma, não seguimos um "método" de leitura. As razões são diversas; por um lado, porque isso significaria torcer o sentido do que nos leva a ler esses autores e ao próprio Sócrates: não é a reconstrução de uma figura ou de um pensamento o que está em jogo neste trabalho nem a produção de verdade sobre eles, mas a possibilidade de encontrar elementos para pensar um problema; que a figura estudada seja nada menos que Sócrates indica várias coisas: certa fascinação pelas origens, pelos nascimentos; também a pretensão de inscrever-se nisso que Derrida tão prolificamente chamou de "os nomes de família"; mas, sobretudo, a busca de um momento onde esse problema se dá de maneira, ao mesmo tempo, extremamente prístina e complexa, onde parece mais claro que em nenhum outro espaço seu caráter de enigma, mistério, aporia.

Que os leitores de Sócrates tenham sido os que escolhemos obedece, como já antecipamos, à pretensão de encontrar modos contrastantes – no estilo, na temática e nos alcances – de fortalecer o enigma. A ausência de um método também tem relação com o que Foucault chamou de "escrita-experiência": não escrevemos este livro para comunicar uma verdade sobre Sócrates que já sabíamos, mas na própria escrita fomos afirmando certa relação com a sua figura. Este espaço e a maneira de constituí-lo foram modificando-se até o último momento em que há que parar, para poder recomeçar em outro momento.

De modo que não é este o lugar para uma conclusão ou uma síntese acabada de nossa leitura. Não há tal síntese. Existe, no entanto, um movimento que se foi manifestando, parcialmente, ao introduzir uma maneira específica de ler Sócrates nas distintas opções escolhidas, em cada uma das ênfases, nos tons, nas ausências, nos recortes, nos suplementos que habitam as partes deste livro; e, ao mesmo tempo, há espaço para oferecer alguns elementos adicionais, de maneira provisória, aberta e incerta, como resultado das leituras oferecidas.

Poder-se-ia questionar a pertinência ou a necessidade de começar esta história com Sócrates. Derrida nos ajudou, nas seções anteriores deste texto, a entender a fragilidade de tal pretensão. Estamos enroscados em uma mesma história. Ele também mostrou os riscos de uma solução dialética, a pretensão de superar, unificando, o movimento da diferença. Expôs os dois gumes da faca socrático-platônica: remédio/veneno; hóspede/anfitrião; receptáculo/doador... não há solução, mas uma tensão infinita; uma aporia potente para pensar, através dos movimentos díspares da história que teve lugar, um problema presente. De forma simples: questionar as evidências, inverter as hierarquias em torno da própria posição da filosofia.

Com Sócrates, a filosofia nasce como uma forma de vida em situação educacional. Para o ateniense, filosofar é viver interrogando-se a si e aos seus semelhantes, ocupando-se de si e dos outros, cuidando de que todos cuidem de si, transmitindo sua paixão anti-igualitária. Sem essa dimensão pedagógica, a filosofia não tem sentido; uma vez que a filosofia seja uma forma de vida que não afeta o modo de vida dos outros, a própria vida também perde sentido. Por isso,

Sócrates prefere morrer a se exilar; por isso a filosofia é uma preparação para morrer, como se afirma no *Fédon* (64a). Ali se configura também um paradoxo para a vida filosófica: a única vida digna de ser vivida não pode ser vivida; a única vida que vale a pena ser vivida conduz à morte; o mesmo se percebe do lado da própria morte: a morte de Sócrates não faz outra coisa senão lhe dar vida; Sócrates morre como uma forma de se dar a vida.

Vimos de que maneira a filosofia nasce atravessada por paradoxos: político, posto que sua prática é a política verdadeira, mas não tem espaço na política da *pólis*; pedagógica, já que não ensina e, no entanto, gera aprendizes e aprendizagens; filosófica, porque só pode saber que não sabe. Pode-se ler as diferentes leituras de Sócrates na história da filosofia como uma tentativa de superar esses paradoxos, de fixar, de alguma maneira, o infinito em tensão aberto por Sócrates. Quando se pensa particularmente na dimensão política da sua prática pedagógica, ela foi lida nos termos de uma "boa" política que seria revelada por um paradigma ou contramodelo, à medida que se aproxima mais ou menos dela.

É preciso, talvez, voltar a afirmar uma dupla ignorância: por um lado, aquela que aceita os limites de todo saber como saber da coisa comum, dando, assim, ao saber certa forma ilimitada de recomeçar; por outro, aquela que declara não saber como exercer o poder entre alguém que ensina e alguém que aprende, ou seja, aquela que não sabe delimitar esse infinito intensivo e extensivo das figuras de mestre aberto por Sócrates (e Platão) e, por isso mesmo, provoca o pensamento do outro a resistir à tentação de se identificar de antemão com uma posição de saber e poder. Pode ser conveniente um respeito maior ao infinito, à própria potência que encobre essa dupla ignorância para, assim, proporcionar mais força às experiências pedagógicas que afirmamos sob o nome de filosofia, para nessas intensificar as potências do aprender, iniciar-se, transformar-se no pensamento e na vida.

Cairíamos, assim, nos feitiços da farmácia ao buscar uma posição de mestre ideal? Talvez. Não sabemos. Quem sabe também ali a ignorância reclama um lugar.

Em todo caso, assim como Sócrates morreu para se conceder a vida, para que um professor de filosofia viva, outro deve morrer: aquele que acredita saber o que o aluno deve aprender, aquele que pensa que a filosofia se aprende de quem a ensina; aquele que sabe os valores de uma vida que merece ser vivida, aquele que conhece os efeitos positivos ou negativos de uma posição de saber. Aquele que é a favor ou contra Sócrates. Também aqui poderíamos continuar ilimitadamente, tais as variações desse outro infinito. Em certo sentido, os dois infinitos habitam o nome de Sócrates. Em outro sentido, os dois infinitos habitam no corpo de todos os professores de filosofia, dos educadores sensíveis à dimensão filosófica da sua prática. Não se trata de inventar outro modelo de professor de filosofia. Outra faca de dois gumes. Outro infinito.

Do que se trata é de abrir, ou manter aberto, um trabalho descolonizador com os infinitos Sócrates que todo professor de filosofia carrega dentro de si, com os sentidos políticos que outorgamos à nossa prática, com o modo e os sentidos pelos quais se exerce o poder em cada situação educacional. Não há um herói esperando para substituir Sócrates. Não existem sentidos verdadeiros ou modos corretos esperando ser descobertos. O que nos resta? O também infinito trabalho descolonizador do pensamento conosco; o desprendimento do que somos; a vida que nos passa e a que nasce em cada encontro, em cada pensamento, em cada gesto de não saber que abre as portas ao que não podemos responder de antemão; o enigma do encontro provocado pelo pensamento quando nos damos de cara com o outro; a filosofia; este infinito que chamamos de Sócrates.

Referências

BRICKHOUSE, Thomas C.; SMITH, Nicholas D. *Socrates on Trial*. Princeton: Princeton University Press, 1989.

BURNET, John. *Plato's Euthyphro, Apology of Socrates and Crito*, 2, Oxford University Press, 1954.

CLAY, Diskin. The Origins of the Socratic Dialogue. In: WAERTDT, Paul A. Wander (Ed.). *The Socratic Movement*. Ithaca: Cornell, 1994. p. 23-47.

DÁVILA, Jorge. Ética de la palabra y juego de la verdad. In: GROS, Frédéric; LÉVY, Carlos (Orgs.). *Foucault y la filosofía antigua*. Buenos Aires: Nueva Visión, 2004. p. 143-174.

DERRIDA, Jacques. *De la Grammatologie*. Paris: Les Éditions de Minuit, 1967.

DERRIDA, Jacques. La pharmacie de Platon. In: PLATON. *Phèdre*, Traduction L. Brisson. Paris: GF-Flammarion, 1968/2000. p. 255-403.

DERRIDA, Jacques. *La carte postale*. Paris: Flammarion, 1980.

DERRIDA, Jacques. *Le droit a la philosophie*. Paris: Galilée, 1990.

DERRIDA, Jacques. *Khôra*. Paris: Galilée, 1993.

DERRIDA, Jacques. *De l'hospitalité*. Anne Dufourmantelle invite Jacques Derrida à répondre. Paris: Calmann-Lévy, 1997.

EGGERS LAN, Conrado. Estudio preliminar. In: PLATÓN. *Apología de Sócrates*. Buenos Aires: Eudeba, 1984.

FENELON, François de Salignac de la Mothe. *Abrégé des vies des anciens philosophes*, en *Oeuvres complètes*, v. 7, Paris: J. Leroux et Jouby, 1850.

FERREIRA DE MENDONÇA, A. O nascimento da filosofia a partir da arte: uma abordagem nietzschiana. Tese (Doutorado) – Rio de Janeiro, UERJ, 2006.

FOUCAULT, Michel. Aulas de 15, 22 e 29 de fevereiro. Paris: Collège de France, mimeo, 1984.

FOUCAULT, Michel. *L'usage des plaisirs*. Paris: Gallimard, 1984b.

FOUCAULT, Michel. *L'Herméneutique du sujet*. Paris: Gallimard, 2001.

GÓMEZ LASA, Gastón. *El expediente de Sócrates*. Santiago de Chile: Universitaria, 1991.

GONZÁLEZ, Darío. Introducción. In: KIERKEGAARD, Søren. 2000. p. 67-73.

GRAESER, Andreas. On Language, Thought and Reality in Ancient Greek Philosophy, *Dialectica*, 31, p. 359-388, 1977.

GREPH. *Qui a peur de la philosophie?* Paris: Flammarion, 1977.

GRIMAL, Pierre. *Diccionario de mitología griega y romana* (1965). Buenos Aires: Paidós, 1989.

HADOT, Pierre (1999). *O que é a filosofia antiga?* São Paulo: Loyola, 1995.

HELLMANN, Françoise. *Socrate ou la pensée de l'âme*. Paris: Éditions 2&1, 1997.

JULIÁ, Victoria. Plato *ludens*. La muerte de Sócrates en clave dramática. *Adef. Revista de Filosofía*, Buenos Aires, v. XV, n. 2, p. 11-22, nov. 2000.

KAHN, Charles. *Plato and the Socratic Dialogue: The Philosophical Use of Literary Form*. Cambridge University Press, 1996.

KIERKEGAARD, Søren. *Sobre el concepto de ironía en constante referencia a Sócrates*. Trad. cast. Darío González y Begonya Saez Tajafuerce, Madri: Trotta, v. 1. 2000.

KOFMAN, Sarah. Philosophie terminée. Philosophie interminable. In: *Qui a peur de la philosophie?* Paris: Flammarion, 1977. p. 15-37.

KOFMAN, Sarah. *Socrate(s)*. Paris: Galilée, 1989.

LIDDEL, Henry G.; SCOTT, Robert. *A Greek-English Lexicon*. Revised and augmented by H.S. Jones. Oxford: Oxford University Press, 1966.

LLINARES, Joan. La figura de Sócrates en el joven Nietzsche. *Cuadernos de Filosofía*, Buenos Aires, 41, p. 141-162, 1995.

MAZZARA, Giuseppe; NANCY, Michel; ROSSETTI, Livio. *Il Socrate dei dialoghi*. Bari: Levante, 2007.

MEDRANO, Gregorio Luri. *Guía para no entender a Sócrates. Reconstrucción de la atopía socrática*. Madri: Trotta, 2004.

MEDRANO, Gregorio Luri. *El proceso de Sócrates*. Madri: Trotta, 1998.

NEHAMAS, Alexander. *El arte de vivir. Reflexiones socráticas de Platón a Foucault*. Valencia: Pre-Textos, 2005.

NIETZSCHE, Friedrich. *La ciencia jovial*. Caracas: Monte Ávila, 1989.

NIETZSCHE, Friedrich. *El nacimiento de la tragedia o Grecia y el pesimismo*. Madri: Alianza, 1991.

NIETZSCHE, Friedrich. *Aurora. Pensamientos sobre los prejuicios morales*. Madri: Biblioteca Nueva, 1999.

NIETZSCHE, Friedrich. *Schopenhauer como educador*. Madri: Valdemar, 1999.

NIETZSCHE, Friedrich. *La genealogía de la moral*. Madri: Alianza, 2000.

NIETZSCHE, Friedrich. *El crepúsculo de los ídolos*. Madri: Alianza, 2002.

NIETZSCHE, Friedrich. *Humano, demasiado humano*. I e II, Madri: Akal, 2004.

OSTENFELD, Erik. Socratic Argumentation strategies and Aristotle's *Topics* and *Sophistical Refutations*, *Méthexis*. IX, 1996. p. 43-57.

PATTISON, George. A Simple Wise Man of Ancient Times: Kierkegaard on Socrates, en M.B. Trapp (Ed.). *Socrates, in the Nineteenth and Twentieth Centuries*. Hampshire: Aldershot, 2006. p. 19-35.

PLATÓN (1982). *Platonis Opera*, v. I-VII, edición de Ioannes Burnet, Oxford University Press (trad. cast.: *Diálogos*, vol. I-VII, Madri: Gredos, 1992).

RANCIÈRE, Jacques. *El maestro ignorante*. Barcelona: Laertes, 2003.

ROMEYER DHERBEY, Gilbert; GOURINAT, Jean-Baptiste (Orgs.). *Socrate et les Socratiques*. Paris: Vrin, 2001.

ROSSETTI, Livio. The *sokratikoi logoi* as a Literary Barrier. Toward the Identification of a Standard Socrates through them. In: V. Karasmanis (Ed.). *Socrates. 2400 Years since his Death*. Atenas-Delfos, European Cultural Centre of Delphi-Hellenic Ministry of Culture, 2004.

ROSSETTI, Livio. A Context for Plato's Dialogues. In: BOSCH-VECIANA, A.; MONSERRAT-MOLAS, J. (Eds.). *Philosophy and Dialogue. Studies on Plato's Dialogue*, Barcelona, Barcelonesa D'Edicions-Societat Catalan de Filosofia-Institut d'Estudis Catalans. 2007. p. 15-31.

ROSSETTI, Livio; STAURU, Alessandro. *Socratica 2005*. Bari: Levante, 2008.

SHARP, Kendall. Socratic Discourse and the Second Person in Plato. In: ROSSETTI, L.; A. STAURU, A. *Socratica 2005*. Bari: Levante, 2008. p. 265-286.

STONE, Irving F. *The Trial of Socrates*. Boston: Routledge & Kegan, 1988.

TOVAR, Antonio. *Vida de Sócrates*. Madri: Revista de Occidente, 1953.

VILHENA, Vasco Manuel de Magalhães. *Le Problème de Socrate, le Socrate historique et le Socrate de Platon*. Paris: Presses Universitaires de France, 1952.

VLASTOS, Gregory. *Socrates, Ironist and Moral Philosopher*. Ithaca-Nova York: Cornell University Press, 1991.

WAERDT, Paul A. Wander (Ed.). *The Socratic Movement*. Ithaca: Cornell, 1994.

WILLEY, Pierre. *Les Sources et l'évolution des Essais de Montaigne*. v. 2. Paris: Hachette, 1908.

WOLFF, Francis. *L'être, l'homme, le disciple*. Paris: Presses Universitaires de France, 2000.

O AUTOR

Walter Omar Kohan é professor titular de filosofia da educação da Universidade do Estado do Rio de Janeiro (UERJ). Fez pós-doutorado na Universidade de Paris VIII. É bolsista do Programa Pró-Ciência (FAPERJ/UERJ) e pesquisador do CNPq. Faz parte do Programa de Pós-Graduação em Educação (PROPED) da UERJ. Entre 1999 e 2001 foi presidente do International Council for Philosophical Inquiry with Children (ICPIC). É coeditor do periódico internacional *Childhood & Philosophy*. Seus textos estão publicados em espanhol, francês, italiano, inglês, finlandês e húngaro, além do português. Publicou mais de trinta livros como autor ou coautor, entre eles: *Filosofia para crianças* (DP&A, 2000); *Filosofia na escola pública* (Vozes, 2000), *Infância. Entre educação e filosofia* (Autêntica, 2003), *Infância, estrangeiridade e ignorância* (Autêntica, 2007), *Filosofia. O paradoxo de aprender e ensinar* (Autêntica, 2010).

Este livro foi composto com tipografia ITC Garamond e impresso em papel Off Set 75 g na Formato Artes Gráficas.